韓國의 漢詩 23

訥齋 朴祥 詩選

한국의 한시 23

눌재 박상 시선

허경진 옮김

평민사

 머리말

눌재 박상은 시인으로도 이름났지만, 기묘명현(己卯名賢)의 한 사람으로 더 이름이 났다. 그는 정작 기묘년에 무사하였지만, 그와 기묘사화를 떼어놓고 이야기할 수는 없다. 그는 기묘명현과 함께 어울려 사림정치를 논했고, 그들에 앞서 바른 말과 바른 행동을 하다가 여러 차례 괴로움을 겪기도 하였다.

그가 처음으로 임금에게 맞선 것은 폭군 연산이 사랑하던 후궁의 친정아버지 우부리를 곤장으로 때려 죽인 사건이다. 연산군이 나주에 사는 우부리의 딸을 궁중에 들여놓고 총애하자, 천민이었던 우부리가 연산군의 은총을 믿고 고을에서 제멋대로 포악한 짓을 저질렀다. 남의 부녀자를 약탈하고 남의 논밭을 빼앗아 가져도, 감히 그의 죄를 다스리는 수령이 없었다. 그러자 당시 종5품 전라도사였던 눌재가 그를 곤장으로 때려 죽였던 것이다. 그는 우부리를 죽이고서 무사할 수가 없다고 생각했기에, 처벌을 받으려고 서울로 올라갔다. 그를 잡으러 내려오는 금부도사와 마침 정읍에서 길이 엇갈려, 중종이 반정했다는 소식을 듣고 무사히 살아나게 되었다.

그는 42세 되던 1515년에도 목숨을 걸고 임금에게 바른말을 하였다. 그해 정월에 청백리로 뽑혔던 그는 8월에 순창 군수 김정과 함께 폐비 신씨(신수근의 딸)의 복위를 청하고, 중종 반정의 공신이었던 박원종, 유순정, 성희안의 죄를 논하였다. 신씨는 아무런 죄도 없었건만, 신씨의 친정아버지 신수근이

자기들의 편을 들어주지 않았다는 이유로 반정공신들에 의해 폐비되었던 것이다. 12일에 사간원과 사헌부에서 눌재를 탄핵하였다. 유순과 정광필을 비롯한 여러 재상들이 그를 구하려고 여러 차례나 아뢰었지만, 금부도사를 보내어 잡아다가 심문하였다. 23일에 매 100대를 맞고 오림역으로 유배하며 고신(告身)을 빼앗기게 되었는데, 대신들이 힘써 아뢰어 매만은 맞지 않게 되었다. 11월에 정언 벼슬을 받은 정암 조광조가 그의 억울함을 아뢰면서, 억지로 그에게 죄를 주었던 사간원과 사헌부를 교체하라고 간하였다. 임금이 대신들과 의논하여, 사간원과 사헌부의 관리들을 모두 갈아 버렸다. 눌재는 이듬해 3월에 유배지에서 풀려났다.

그가 46세 되던 기묘년(1519)에 훈구파 남곤이 기묘사화를 일으켜, 개혁 정치를 시도하려던 조광조와 그를 따르던 어진 선비들을 모두 귀양 보냈다. 마침 눌재는 어머니의 삼년상을 지내던 중이어서 벼슬자리에 있지 않았고, 사화에도 얽혀들지 않았다. 조광조가 능주로 귀양 간다는 소식을 듣고, 그는 광주 남문 밖 십 리 되는 곳에 있는 분수원까지 쫓아가서 이야기를 나누었다. 그는 상복을 벗은 뒤에도 도연명의 문집과 매월당 김시습의 문집을 간행하거나 《동국사략》을 지으면서 시름을 달래었다.

그는 53세 되던 1526년 중시(重試)에서 장원급제하고 당상관으로 올랐지만, 이듬해 봄에 파직당하였다. 여름에 나주목사에 임명되었지만, 이듬해 여름에 다시 파직당하였다. 이듬해 4월 11일 그는 고향 방하동 집에서 세상을 떠났다. 그는 순정한 정치 이념을 실현해 보려 하였지만, 그의 벼슬길은 유배와 파직으로 얼룩졌다. 그가 지은 시들은 이와 같은 인생길에서 지어졌던 것이다.

그의 아우 육봉은 그의 유고를 모아《눌재집》을 간행하면서 그 서문에서《시경》이나《초사》와 이백이나 두보의 시에 깊은 조예가 없으면 눌재의 시를 이해하기 어렵다고 하였다. 그러나 어디 이러한 시들뿐이랴. 그의 독서 세계는 끝없이 넓어서, 그의 시 가운데 제자백가는 물론이고, 끝내 출처를 알수 없는 문자들도 자주 나온다. 이처럼 박학다식하였던 그의 독서 세계가 자유분방한 그의 문학 세계와 만나고, 또 폭군 연산과 중종반정이라는 시대와 부딪히면서 그의 시가 지어졌던 것이다.

그의 문학과 사람됨은 영조와 정조 때에 와서 다시 평가되었다. 이 시대에 단경왕후 신씨의 복위 문제가 다시 거론되면서, 몇백 년 앞서 목숨 걸고 이 문제를 거론하였던 그의 충직한 면모가 새롭게 부각되었던 것이다. 정조는 그에게 제문을 새로 지어 내렸으며, 그의 문집을 다시 간행하라고 명령하였다. 우리 나라의 시인 가운데 박은과 박상 두 사람만 알 뿐이라고까지 하였다. 어디 이 두 사람의 이름만 알았으랴만, 시와 사람을 아울러 높이 평가했던 것이다.

《홍재전서》〈일득록(日得錄)〉에 보면, 정조는 석주 권필, 동악 이안눌, 읍취헌 박은, 간이 최립을 우리 나라의 대표적인 시인으로 꼽았다. 그러나 간이는 수사가 지나치고, 읍취헌의 시도 약간 결점이 있으며, 동악의 시는 절반이 창수시로 되었고, 석주의 시는 지나치게 곱다고 비판하였다. 오직 눌재의 시만은 여러 가지 장점을 아울러 갖추고 있어 첫째로 꼽아야 한다고 평하였다.

남용익은《호곡시화》에서 눌재의 시를 "감개(感慨)" 두 글자로 평하였다. 그가 살았던 폭군 연산과 중종반정의 시대가 그의 시를 감개하게 만들었던 것이다. 감개한 시는 번역하기가 힘들다. 행간에 숨은 감개를 말로 설명하다가 보면 산문이 되기 때문이다. 눌재의 감개한 시를 어느 정도나 요즘의 번역시로 옮겼는지 걱정이 된다.

1997년 6월
허경진

차례

9

본집

訥齋
朴祥

석천 임억령이 보내준 시를 갚아주다
奉酬石川韻

가을 터럭도 작지만은 않고
태산이라고 또한 큰 것만은 아니라네.[1]
크고 작다는 게 모두 이름에서 나왔으니
이름 없음이 그 어머니라네.[2]
우주에 홀로 서서 휘파람 부니
흰 구름만 부질없이 가고 또 가네.
환하던 꽃빛이 잎으로 우거지니
화려하던 꽃잎은 가시떨기 아래로 떨어지네.

■

* (석천의 이름은) 임억령(林億齡)이고, (자는) 대수(大樹)이다. (원주)
눌재의 문인 임억령이 보내온 시에 답한 시이다. 임억령이 눌재 문하에 와서 배우고 싶다는 뜻의 시를 지어 보내자, 눌재가 이 시를 지어 허락한 듯싶다.

1) 이 세상에 가을 짐승의 털끝보다 더 큰 것은 없고, 태산보다 더 작은 것도 없다고 생각해볼 수도 있다. 곧 일찍 요절한 어린아이보다 오래 산 사람이 없다고 생각할 수도 있고, 오히려 팽조가 요절했다고 생각할 수도 있는 것이다. 이렇게 보면 천지는 나와 함께 살아있고, 만물은 나와 함께 하나가 된다. 이미 하나가 되었는데, 또 무슨 말이 필요하겠는가? 또 이미 하나라고 말했으니, 어찌 말이 없다고 할 수 있겠는가? -《장자》〈제물론(齊物論)〉

2) 말할 수 있는 도(道)는 영원 불변한 도가 아니고, 이름 지을 수 있는 이름도 영원 불변한 이름은 아니다. 이름 지을 수 없는 것은 천지의 시원(始原)이고, 이름 지을 수 있는 것은 만물의 모태이다. -《노자》장1〈체도(體道)〉

가는 봄을 안타까워하는 일이 누구에게 맡겨졌길래
이백이나 두보보다도 더 애쓰며 시를 읊나.
시나 짓는 일이 어찌 제물옹이
대춘나무 언저리를 거니는 것보다 나으랴.[3]
나무가 우거진 이 푸른 섬들 속에
삼신산은 어디에 있나.[4]
바라기는 비녀와 직인끈을 다 풀어 놓고[5]
산 속에 묻혀서 이름도 없이 살고 싶어라.

■
3) (장자가 혜자에게 말했다.) 지금 그대는 큰 나무가 있는데도 쓸모가 없다
   고 걱정하는 듯한데, 어째서 그 나무를 아무것도 없는 곳[無何有之鄕],
   드넓은 들판에 심어 놓고 하릴없이[無爲] 그 곁에서 왔다갔다 거닐거
   나, 그 아래에서 노닐다가 드러누워 잠을 잔다거나 하지 않는가? 그 나
   무는 도끼에 찍혀 일찍 죽지도 않을 것이고, 어떤 사물도 그것을 해꼬지
   하지 않을 것이니, 아무데도 쓸모가 없다는 것이 어째서 괴로움이 된다
   는 것인가? -《장자》〈소요유(逍遙遊)〉
   임억령의 자가 대수(大樹)이기 때문에 대춘나무를 끌어온 것이다.
4) 삼신산은 영주산, 방장산, 봉래산인데, 우리 나라의 한라산, 지리산, 금
   강산을 가리키기도 한다. 전라도 앞바다에 푸른 섬들이 많이 있으므로
   그 가운데서 삼신산을 찾은 것이다.
5) 잠(簪)은 갓이나 모자를 머리에 고정시키는 비녀이고, 불(紱)은 벼슬아
   치가 직인을 몸에 달아맨 끈이다. 벼슬아치들이 늘 몸에 지니고 다녀야
   하는 비녀와 직인끈을 풀기 원하는 것은 벼슬을 그만두고 자유롭게 살
   겠다는 뜻이다.

마음을 같이하는 사람이 세상에 아무도 없고
내 뜻에 어긋나는 이들만 보이네.
누각 위에서 눈동자를 쏘는 자가
재앙을 부르는 것은 썩은 쥐 때문이라네.[6]
그래서 일곱 어진 이들도
다만 대숲 속에서 술잔만 기울였다네.[7]

■

6) 혜자가 양나라의 재상으로 있을 때에 장자가 그를 만나러 갔더니, 어떤
사람이 혜자에게 말했다.
"장자가 오는 것은 당신 대신 이 나라의 재상이 되려고 하기 때문이라
오."
(중략)
뒤에 장자가 이를 알고 혜자를 찾아가 말했다.
"남쪽에 원추(鵷雛)라고 하는 새가 있는데, 당신도 아시오? 원추라는 새
는 남해에서 출발해 북해까지 날아가는데, 오동나무가 아니면 앉지를
않고, 대나무가 아니면 먹지를 않으며, 감로천(甘露泉)이 아니면 마시지
를 않는다오. 그런데 올빼미가 썩은 쥐를 가지고 있다가 원추가 날아가
자 올려다보며 꽥 소리를 질렀소. 자기 것을 뺏을까봐 놀랐기 때문이라
오. 지금 당신도 그 잘난 양나라 재상자리 때문에 나를 보고 놀란 게 아
니오?" - 《장자》〈추수(秋水)〉
7) 사회가 어지럽던 진(晉)나라 때에 산도(山濤), 완적(阮籍), 혜강(嵇康),
상수(向秀), 유령(劉伶), 완함(阮咸), 왕융(王戎) 등 일곱 사람이 세상에
휩쓸리지 않고 죽림(竹林)에 모여서 술과 문학과 청담(淸談)을 즐기며
세월을 보냈다.

맹자는 호연지기 기르기를 소중히 여겼지만
그 기운도 어떤 때에는 막히는 법이니,
그대를 데리고 공부자에게 물으려
저 수사(洙泗)의 물가를[8] 따라가리라.
큰 열매가[9] 다행히 다 먹히지 않고 있으니
주워서 내 대그릇에다 거둬 두리라.[10]

秋毫亦非細、　　太山亦非巨。
巨細出於名、　　無名乃其母。
獨立嘯宇宙、　　白雲空去去。
灼灼者蓁蓁、　　英華沒平楚。
惜春屬何人、　　謳吟苦李杜。
豈如齊物翁、　　逍遙大椿樹。
余思在蒼洲、　　三山何處有。
願言解簪紱、　　昧昧謝揚著。

■
8) 수수와 사수는 중국 복건성에 있는 강 이름인데, 공자가 이 언저리에서
　제자들을 가르쳤다.
9) 석과(碩果)는 남의 눈에 띄지 않아 나무 꼭대기에 남아 있는 큰 과일인
　데, 세상 물결에 휩쓸리지 않고 꼿꼿하게 살아가는 임억령을 가리킨다.
10) 원문의 거(筥)는 광주리 거(筥)자가 잘못된 것이다. 임억령을 문하에
　받아주어 올바르게 가르치겠다는 뜻이다.

同心絶世無、　呀然莫吾子。
樓上射明者、　招禍由腐鼠。
所以七賢輩、　但傾竹林酒。
孟氏貴養氣、　此氣何時沮。
携君問夫子、　遵彼洙泗渚。
碩果幸不食、　拾之收我苣。

적암의 시에 화답하다

和適庵韻

- 지난번에 정생(鄭生)이 팔첩시(八疊詩)를 전해 왔는데, 일이 많아서
  미처 화답하지 못하였다. 이제 틈이 났기에 몇 구를 지어 마음을 조
  금 드러내 보인다.*
  前者、鄭生傳疊八詩、多故未答、今時及之、故少發於數句云。

오랫동안 충주의 밥을 먹다 보니[1]
어느새 전원이 황폐해진 것을 보게 되었네.[2]
남쪽에 있는 금릉 노인을[3] 바라보니
맑은 풍모에 생각도 많아라.
선비를 좋아하는 이가 세상에 하나도 없어
명주실을 사다가 평원군을 수놓지 않네.[4]
지겹게 보는 자라곤 경박한 사내들뿐이어서

■

* 적암은 조신(曺伸)인데, (자는) 숙분(叔奮)이다. (원주)
1) 눌재는 중종 16년(1521) 여름에 충주 목사에 임명되어 중종 22년(1527)
   봄까지 충주에 머물러 있었다.
2) 도연명이 팽택령(彭澤令)에 부임한 지 80여 일 만에 벼슬을 버리고 고
   향으로 돌아가면서 〈귀거래사(歸去來辭)〉를 지었는데, 그 첫머리에서
   "돌아가리라. 전원이 장차 황폐해지리니, 어찌 돌아가지 않으랴[歸去來
   兮、田園將蕪、胡不歸。]"라고 하였다.
3) 조신이 당시에 은퇴해서 경상도 금릉에 살고 있었다.
4) 전국시대 조나라 공자 평원군이 빈객을 좋아하여, 언제나 식객이 천여
   명이나 되었다. 이 식객들이 평원군을 위해서 많은 일을 하여 그의 이름
   을 빛내었으므로, 당나라 시인 이하(李賀)의 시에서, "명주실을 사다가
   평원군을 위해서 수를 놓았다[買絲繡作平原君]"고 하였다.

구름이 되었다 비가 되었다 마음대로 뒤집었는데,[5]
정생이 남쪽에서 찾아오니
팔첩시가 내 혼을 감동시켰네.
이 고장은 사람들 모여드는 도회지라서
마중하고 배웅하며 말발굽과 수레지붕이 번갈아 찾아드네.
월악산을 빌려다 안주로 삼고
금강을 술동이 삼아 잔을 따르네.[6]
북새통에 화답시를 보내지 못해
도화원 마을에 원망 샀기에,[7]
다시금 십일운의 시를 부쳐서

■
5) 손바닥을 뒤집으면 구름이요 엎으면 비가 된다니
   변덕스런 무리들을 어찌 다 헤아리랴.
   그대는 보지 않았던가, 관중과 포숙의 사귐을
   친구의 도를 요새 사람들은 흙처럼 저버린다네.
   翻手作雲覆手雨。   紛紛輕薄何須數。
   君不見管鮑貧時交、   此道今人棄如土。
    − 杜甫〈貧交行〉
6) 두(豆)는 고기를 담는 그릇이고, 준(樽)은 술동이이다. 손님이 오면 충주
   부근에 있는 월악산과 금강에서 술자리를 마련하여 대접한다는 뜻이다.
7) 도연명이 지은 〈도화원기(桃花源記)〉를 끌어다, 조신이 은퇴해 살고 있
   는 금릉을 무릉도원에 비유하였다. 조신이 보내준 시에 진작 화답하지
   못해, 그에게 원망을 샀을 것이란 뜻이다.

한나라 위나라 이야기를 즐겁게 펴보게 하네.[8]
머리 숙여 불민함을 사과하면서
다시 〈잠부론〉을 부쳐 보내네.[9]

久食忠州飯、	已見蕉田園。
南望金陵叟、	淸風懷也繁。
好士世無人、	買絲繡平原。
爛看輕薄子、	雲雨隨覆翻。
鄭生自南來、	八詩仍動魂。
此邦乃都會、	迎將遞蹄轓。
月嶽借爲豆、	金江添作樽。
擾擾闕相答、	招怨桃源村。
再附十一韻、	漢魏披軒軒。
稽首謝不敏、	更寄潛夫論。

■

8) 〈도화원기〉에 의하면, 어부가 만난 무릉도원 사람들은 진나라의 폭정을
피해 들어왔으므로 그 뒤에 한나라와 위나라가 있었다는 것도 몰랐다
고 한다. 여기서 한나라와 위나라의 이야기란 도화원에 사는 조신이 모
르는 세상 이야기를 석천 자신이 시로 썼다는 뜻이다.

9) 한나라 왕부(王符)가 강직해서 세속과 어울리지 못하였으므로, 숨어 살
면서 저술하여 당시의 득실(得失)을 논하였다. 자기 이름을 드러내지
않으려고 글 이름도 〈잠부론(潛夫論)〉이라고 하였는데, 눌재가 자신을
왕부에게다 견준 것이다.

국학에 들어가는 성산 이진사를 배웅하다
送星山李進士入國學

물이라면 바다가 되지 않고서야
어찌 하늘을 넘나들 파도가 될 수 있으랴.
흙이라면 산이 되지 않고서야
소나 양이 노니는 언덕을 면치 못하리라.
대장부는 얕고 낮은 곳을 싫어하여
뜻을 세워 학궁[1]에 가니,
학문 사이에서 힘을 써
애쓰며 큰 가르침을 구한다네.
성산에 사는 이씨네 아들이
남들보다 비상하게 뛰어나,
몸은 비록 한 나라 테두리 안에 있지만
탁 트인 가슴속은 구주를 가로지르네.
그의 어른도 순수한 선비여서
향교의 좨주[2]로 추대되었으니,

■

1) 원문의 착룡(鑿龍)은 남궁(南宮)의 별칭인데, 송나라 때에 천자나 제후
   의 자제들을 가르치던 학궁이다. 여기서는 국학인 성균관을 가리킨다.
2) 원문의 우상(虞庠)은 순임금의 학교인데, 여기서는 지방의 향교를 가리
   킨다. 좨주는 국자감이나 성균관의 실무자인 종3품 벼슬인데, 원래는
   향연을 베풀 때에 술을 땅에 부어 지신에게 감사의 제사를 지내던 사람
   을 가리킨다. 조선시대에는 태종 때부터 사성(司成)으로 바뀌어, 대사성
   을 보좌하였다. 나이 많고 덕망도 높은 사람이 그 일을 맡았으므로, 지
   방 향교의 어른도 흔히 좨주라고 하였다.

상자에 가득한 황금도 물리쳐 버리고
몇 상자의 책을 물려주었네.[3]
한나라 때에도 위현이 있어
부자간에 모두 경전에 밝았었지.[4]
공자는 후생이 두렵다고[5] 하였지만
어찌 나이 젊음을 귀하게 여겨서이랴.
부자는 재물을 많이 쌓아 놓고
온갖 씀씀이에 모자람이 없지만,
가난한 자는 가진 게 다 떨어져
아침 저녁 끼니까지도 잇기에 힘드네.
한퇴지의 글을 보지 못했던가
뿌리에 물 주라고 사람들을 권면하였네.

■

3) 《한서》에 "아들에게 황금을 상자에 가득 물려주는 것이 경서(經書) 한
권을 가르치는 것보다 못하다[遺子黃金滿籯、不如敎子一經。]"라고 하
였다.
4) 위현의 자는 장유(長孺)인데, 위맹(韋孟)의 5세손이다. 시(詩), 서(書),
예(禮)에 정통하여, 추로(鄒魯)의 대유(大儒)로 불렸다. 위맹에서 위현
까지 5대가 모두 경학에 정통하기로 이름났다.
5) 《논어》〈자한(子罕)〉편에 있는 말인데, "후생을 두려워해야 한다. 앞날이
지금보다 못하리라는 것을 어찌 알겠느냐? 그러나 사오십이 되어서도
이름이 알려지지 않는다면, 그러한 사람들이야 무서워할 게 없다"라고
공자가 말하였다.

송나라 사람같이 싹을 뽑아 올리지 말고[6]

제나라 편륜 같이 수레바퀴를 두드려 맞춰야 한다네.[7]

문장과 경술이 한 가지 근본이지

어찌 두 가지 다른 길이랴.

근원에서 저절로 흘러 도달하게 되니

성현들이 그 규모를 마련해 두셨네.

이곳을 떠나 동학[8]으로 가니

그대는 참으로 돌아갈 곳을 얻었네.

동학의 제도를 말해 주리니

■

6) 이런 호연지기를 기르기에 힘써야 하지만, 그것만 학수고대하지 말고, 그렇다고 마음에 잊어서도 안 되며, 무리하게 조장해서도 안 된다. 송나라 사람이 했던 것처럼 하지 말라. 송나라 사람이 싹이 자라지 않는다고 안타까워한 나머지, 갑자기 키우려고 뽑아 주었다. 매우 지친 몸으로 집에 돌아와 식구들에게 "오늘은 피곤하구나. 싹이 자라도록 내가 도와주었기 때문이다"라고 말하자, 그의 아들이 달려가서 보았다. 그랬더니 싹은 모두 말라 버렸다. -《맹자》〈공손추〉상

7) 편륜(윤편)이 (환공에게) 말하였다. "(중략) 수레바퀴를 깎는데, 엉성하게 깎으면 헐거워서 견고하지 못하고, 꼼꼼하게 깎으면 빡빡해서 들어가지 않습니다. 엉성하지도 꼼꼼하지도 않게 깎는 기술은 손의 감각으로 터득하여 마음으로만 알 뿐이지, 말로는 할 수가 없습니다. 그러므로 거기에는 무언가 비결이 있지만 제 자식에게 가르쳐줄 수 없고, 제 자식도 역시 제게서 가르침을 받을 수가 없습니다." -《장자》〈천도(天道)〉

8) 성균관이 서울 동쪽에 있어 동학이라고 하였다. 존경각, 대성전, 명륜당은 성균관의 삼대 건물이다.

자세히 듣고 내 말을 어기지 말게나.
존경각은 북쪽에 일어서 있고
대성전은 남쪽을 보고 높이 섰으며,
명륜당이 그 가운데 자리잡았으니
흰 도포 입은 의젓한 이들이 많이 모인다네.

爲水不爲海、　　安得凌天波。
爲土不爲山、　　未免牛羊坡。
丈夫厭淺痹、　　立志如鑿龍。
用力學問間、　　矻矻求大宗。
星山李氏子、　　軒輊非常儔。
身雖圈一邦、　　曠懷橫九州。
乃翁謚醇儒、　　祭酒推虞庠。
斥去滿籯金、　　却遺書幾箱。
漢家有韋賢、　　父子俱明經。
孔云畏後生、　　豈貴年華靑。
富人厚積財、　　百用無不給。
貧者瘠其有、　　朝夕且告急。
不見韓子書、　　漑根以勉人。
莫揠宋人苗、　　須斲齊扁輪。
文章與經術、　　一本寧二途。

由源自達流、　　聖賢存規模。
去去赴東學、　　子眞得所歸。
請言東學制、　　細聽無我違。
尊經起在北、　　大成面陽高。
明倫正當中、　　祈祈多白袍。

27

석천의 운을 받들어 화답하다

奉和石川韻 容非正韻敢改之

- 혹시 제대로 되지 않은 곳이 있으면 서슴지 말고 고치라.

나도 또한 송옥의 무리이지만[1]
풍도는 태왕처럼 웅대하다네.[2]
난대에 멀찍이 앉아 있으니[3]
어찌하여 흙탕물에 끌려들겠나.
명월 같은 미인에게도 칼을 잡고 버티니
모모(嫫母)[4] 같은 추녀가 어찌 공을 괴롭히랴.
나중엔 향그런 승검초를 걸치고[5]
눈 내리는 고향 산을 헤매이겠지.
마음을 같이하는 사람 있으면
그곳에서 지초를 캐며 살겠지.
금성을 누가 즐겁다고 했던가[6]

■
1) 송옥은 초나라 시인 굴원의 제자인데, 그의 시가 《초사》에 실려 있다. 여기서는 시인이라는 뜻으로 썼다.
2) 태왕은 주(周)민족 중흥 시조인 고공단보(古公亶父)를 높인 말인데, 문왕의 할아버지이다.
3) 난대는 어사대(御史臺)의 별칭이기도 한데, 석천이 당시 사간원에 있었기 때문에 이렇게 표현한 듯하다.
4) 황제(黃帝)의 넷째 왕비인데, 아주 추녀였다고 한다. 미녀의 유혹에도 지조를 지키는데, 어찌 추녀의 유혹에 넘어가겠느냐는 뜻이다.
5) 향초인 승검초를 걸친다는 말은 자신을 깨끗하게 지킨다는 뜻이다. 굴원이 《초사》에서 이 표현을 자주 썼다.
6) 당나라 시인 이백의 시 〈촉도난(蜀道難)〉에 "금성이 비록 즐겁다고 하

길거리에 독벌레들이 우글대는데,

용과 뱀은 건드려선 안 되고

전갈과 도마뱀은 앉은 자리에서 생겨나네.

궁박한 운수도 보내 버릴 수 없고

가난한 생활도 쫓아낼 수가 없네.

물러나와 타고난 자질을 되살리면서

두어 마지기 땅 갈아 내 힘으로 먹고 살리라.

보배로운 거울이 강물 바닥에 떨어져

흐린 물결이 밝고 영롱한 모습을 묻어 버렸네.

솔바람 소리가 시원하게 들려와

하늘[7] 한가운데서 옛 경(磬)을 연주하는데,

석천에 훌륭한 선비가 있어

시를 보내어 흥겨움을 도와주네.

문 앞에 삼태기 짊어진 은자가 없으니[8]

■

지만, 빨리 집으로 돌아가는 것보다 못해라[錦城雖云樂、不如早還家。]"
라고 하였는데, 수(雖)를 수(誰)로 고쳐서 썼다. 금성은 촉의 번화한 도
회지 금관성이다.

7) 소(霄)자가 소(宵)자로 된 본도 있다. (원주)

8) 공자가 위나라에 있을 때에 경(磬)을 쳤는데, 어떤 사람이 삼태기를 지
고 공자의 문 앞을 지나가다가 듣고서, "마음속에 생각하는 일이 있구
나, 경 치는 소리를 들어보니" 하였다. 그러다가 경 치는 소리가 끝나자,

속된 귀가 어찌 들을 줄을 알랴.

我亦宋玉徒、　風懷大王雄。
蘭臺坐超忽、　胡爲乎泥中。
明月且按劒、　嫫母寧惱公。
去去披薜荔、　雨雪迷故山。
倘有同心子、　采芝於其間。
錦城誰云樂、　街頭多毒螫。
龍蛇不可擾、　蝎蜥生坐榻。
窮亦不須送、　貧亦不須逐。
退將復脩初、　數頃食吾力。
寶鏡墮江底、　濁浪霾光瑩。
松聲颯然至、　中霄奏古磬。
石川有佳士、　投詩助發興。
門前無荷蕢、　俗耳那解聽。

■
　"야비하구나, 땡땡거리는 그 소리가. 자기를 알아주는 사람이 없으면 그
것으로 끝날 뿐이다. '물이 깊으면 가슴까지 벗고서 건너가고, 얕으면
옷을 걷어 올리고 건너가면 된다.'"라고 하였다. -《논어》〈헌문(憲問)〉

산으로 들어가는 조희를 배웅하며 맹호연의 시운을 쓰다

送祖熙入山用孟浩韻

신선들 사는 산[1]을 아득히 바라보니
동해바다에 푸른 산이 반이나 잠겼네.
바람 따라 만 리나 가는 구름이
날아가서 사람보다도 먼저 이르네.
꿈에 비로봉에 올라
망망한 가운데 순일한 기운을[2] 어루만지다가,
마침 왕자교와 적송자의 무리가 있어
학 한 마리를 빌려서 탔네.
이윽고 상제가 머무는 곳을 찾아
창합문[3] 깊은 곳을 두드렸더니,

■

* 당나라 시인 맹호연의 5언고시 〈향산의 담상인을 찾아가다[尋香山湛上
  人]〉의 운을 그대로 받아 지은 시인데, 시 제목에서 맹호연의 이름 가운
  데 연(然)자가 잘못 빠졌다.
1) 금강산을 가리킨다.
2) 그대의 혼을 흐리지만 않으면
   모르는 사이에 도를 얻게 되리니,
   순일한 기(氣)는 너무도 신비로워
   한밤중 고요할 때에 존재하는 거라네.
   無滑而魂兮、　　彼將自然。
   壹氣孔神兮、　　於中夜存。
   　-《초사》〈원유(遠遊)〉
   순일한 기운은 신선이 되는 데 필요한 기운이다.
3) 상제가 거처하는 자미궁(紫微宮)의 문이다.

31

범 아홉 마리가 갑자기 성내며 부르짖어
깜짝 놀라 떨어지고 보니 바로 꿈속이었네.
이 어찌 전부터 사모하면서
수려하고 기이한 곳 찾아 노닐었기 때문이 아니랴.
조희 스님이 그곳에 가서 보려고
보림사에서 찾아왔기에,
따라가고 싶지만 그럴 수 없어
귀에 대고서 속마음을 말했네.
지금 나도 선약을 캐러 가려고
화급하게 인끈을 풀어 버린다고.

仙山望縹緲、	東溟半沈翠。
隨風萬里雲、	飛行先人至。
夢登毗盧峯、	茫茫撫一氣。
時有喬松曹、	借乘鶴一騎。
冉冉過帝居、	閶闔扣沖邃。
九虎忽叫怒、	驚墜卽宵寐。
豈非夙所慕、	神遊討秀異。
熙也往觀之、	來自寶林寺。
欲從不可得、	附耳以微意。
方期采藥去、	火急解綬棄。

적암의 시를 받들어 화답하다
奉和適庵

1.

칠 년 만에 아름다운 시를 보게 되었으니
친구의 마음이 어떠하겠나.
높은 소리로 읽고 또 읽고
일어나 춤추며 덩실거렸네.
게다가 항주¹⁾에서 왔으니
서호의 서리에 귀밑머리도 희어졌겠지.
잠이 적어져 짧은 밤을 지새우는데
딱따기소리가 개구리를 놀라게 하네.
이 물건은 어찌 보냈나
구슬들을 꿰어서 늘어뜨린 허리띠.
천금 따위야 소중할 게 없지만
끝까지 다른 마음을 품지 않겠네.

■
* 역관인 적암 조신이 중국 항주에서 지은 시와 구슬띠를 보내오자, 눌재
가 이에 화답하여 이 시를 지었다.
1) 진해군은 당나라가 윤주(潤州)에 설치한 행정구역인데, 지금의 강소성
진강현이었다. 그뒤 항주(杭州)로 옮겼는데, 지금의 절강성 항현이다.
여기선 강소성 항주의 별칭으로 썼는데, 항주에 아름다운 서호가 있다.

七年見佳詩、　　　故人情如何。
高聲一再讀、　　　起舞堪婆娑。
又從鎭海軍、　　　湖霜衾鬢多。
少睡守短夜、　　　漏板驚蝦蟆。
此物奚爲至、　　　珩瑀穿復羅。
千金不足重、　　　永言終靡他。

2.

편지 한 통이 동쪽에서 오니
구름을 넘어서는 새매보다도 빠르구나.
받는 사람은 나의 옛 동료인데
역리에 의해서 전해지네.
군자가 멀리 일하러 나가면
오랫동안 부부의 기쁨을 잃게 되는데,
국경 밖의 소식을 얻게 된다면
부인의 마음을 위로할 수 있겠지.
무슨 방법으로 시원하게 대패질해서
험난한 고갯길을 깎아 평평하게 만들 수 있으려나.
그대 찾아가는데 가리고 막히는 것도 없이
탄탄한 길에 내 수레가 편안히 굴러갈 수 있으려나.

有緘自東來、疾於凌雲翰。
受者吾舊僚、却又憑驛官。
君子遠行役、久失夫婦歡。
如得塞外耗、慰到蘭蕙肝。
何方快施鑱、削平嶺路難。
尋君無蔽碍、坦坦我車安。

아들과의 문답을 간추려서 적암의 〈부언편〉을 받들어 갚아드리다

詮次兒問答奉酬適庵婦言篇

1.

아들이 물었네. "동원의 채소가
이 서강의 물고기보다 낫답니다.
물고기를 잡으려면 험난한 뱃길도 무릅써야 하지만
발을 적시고 얻는 채소가 어디 있겠어요.
두 가지 물건 얻는 방법을 살펴보면
이해득실이 참으로 갈래를 달리하는군요."
내가 대답했네. "네가 말을 잘하니
맹자도 혹시 너보다 못할 듯하다.[1]
강에 나간다고 해서 물고기를 거들떠나 보랴
평지에서 전원의 거처를 찾으리라.
육경은 모두 다락에 묶어 두고서
채소 기르는 책이나 새로 뒤적여 보리라."

■

1) 물고기는 내가 먹고 싶은 것이다. 곰의 발바닥도 또한 내가 먹고 싶은
것이다. 그러나 이 두 가지를 한꺼번에 먹을 수 없다면, 물고기를 포기
하고 곰의 발바닥을 먹겠다. 삶도 내가 바라고, 의(義)도 또한 내가 바
란다. 그러나 이 두 가지를 한꺼번에 얻을 수 없다면, 나는 삶을 버리고
의를 잡겠다. -《맹자》〈고자〉상
　맹자가 물고기와 곰의 발바닥을 놓고서 사람과 의(義)의 문제를 논한
것처럼, 아들도 말을 잘한다는 뜻이다.

兒問東園蔬、　　勝此西江魚。
求魚必蹈險、　　豈有濡足蔬。
二物審取舍、　　利害信異閭。
答云汝言辯、　　孟子或不如。
臨江魚敢睨、　　平地尋園居。
六籍盡束閣、　　新翻種蔬書。

2.

아들이 물었네. "하늘은 무엇 때문에
만물에 재앙을 내리는가요.
붉은 좀이 계수나무 껍질을 갉아먹고
흰 나방이 귤나무 열매에 달려듭니다.
그 나무들은 무심하게 당하기만 하지
불우하다고 외치는 소리는 못 들었어요."
내가 대답했네. "너는 사리에 통달했으니
바윗돌 끌어안고 몸 던진 사람이²⁾ 잘못 생각했구나.

■

2) 사마천이 지은 〈굴원·가생 열전〉에서 "(자기의 고결함이 세상에 받아들
  여지지 않자) 굴원이 〈회사부(懷沙賦)〉를 짓고 드디어 멱라수에 빠져 죽
  었다"고 했다. 회사(懷沙)란 돌을 품에 안고서 물에 빠진다는 뜻으로, 시
  체가 물 위에 뜨지 않도록 한 것이다.

사람이 참으로 곧고 밝은 마음을 지니고만 있다면
물과 불도 제멋대로 내버려 두는 법이란다.
상제는 공도(公道)의 주재자이니
사사로운 감정 때문에 나를 못살게 굴지 않으신단다."

兒問天何故、	於物亦加禍。
赤蠹鑱桂皮、	白蛾飛橘菓。
彼無心受之、	未聞叫坎坷。
答云汝達理、	懷沙者計左。
人苟蘊貞明、	任他水與火。
上帝公之主、	未必私毒我。

3.
아들이 물었네. "아버지는 죄도 없는데
어찌 임금 곁에서 쫓겨나셨나요.
명성은 나날이 무너져 없어지고
허물과 죄만 널리 퍼지고 드러나네요.
따르던 이들도 차츰 숨거나 배반해서
외로운 기러기가 짝 잃은 것처럼 되셨네요."
내가 대답했네. "너는 아직 모른단다.
한 고을의 목사 벼슬도 높은 자리란다.

몰려다니며 권세에 붙는 무리들은
구름같이 모였다가 작은 산에도 흩어진단다.
무리들 떠드는 소리는 놀랄 게 못 된단다.
나는 바른 길로만 소리치며 몰고 간단다."

兒問翁無罪、　　　如何黜王所。
名聲日仆滅、　　　疵謫必播著。
追隨漸遁叛、　　　孤鴈若失侶。
答云汝未知、　　　州使亦顯署。
推移附炎群、　　　雲聚散於嶼。
衆咻不足驚、　　　正路吾叱馭。

4.

아들이 물었네. "적암 영감께선
무슨 옷을 입으셨기에³⁾
정중하게 아버님을 돌봐 주시고

---

3) 향초를 옷으로 걸치고,
　 추란을 엮어 허리에 찼네.
　 扈江離與辟芷兮、　　　紉秋蘭以爲佩。
　 ―《초사(楚辭)》〈이소(離騷)〉

39

구슬로 만든 선물들을 몇 번이나 주시는가요.
불초한 자식이 조금은 알겠으니
따뜻한 마음으로 그 선물을 받으시는 거죠."
내가 대답했네. "보통 사람이 아니니
그가 좋아하는 것이라면 따를 만하단다.
지닌 것4) 가운데 좋은 물건이 없고
바람과 달빛만이 서재를 에워쌌단다.
이제부터는 너도 엄히 섬기거라
정분이 반드시 돈독해지리라."

4) 왕헌지가 밤에 서재에 누웠는데, 도둑이 그 방에 들어와 모든 물건을 훔
   쳤다. 그러자 헌지가 도둑에게 천천히 말했다.
   "푸른 담요는 우리집에서 옛부터 전해 내려오던 물건이니, 특별히 두고
   가라."
   그러자 여러 도둑들이 깜짝 놀라서 달아났다. -《진서(晉書)》〈왕헌지
   전(王獻之傳)〉
   원문의 청전(靑氈)은 선비 집안에서 대대로 내려온 물건을 뜻한다.

兒問適庵叟、　　紉扈果何服。
鄭重眷吾翁、　　珠什幾枉辱。
不肖窺一斑、　　薰然得私穀。
答云非常人、　　嗜好唯可欲。
靑氈無長物、　　風月擁書屋。
從今汝嚴事、　　分契必彌篤。

아내와 자식들을 협곡에 묻고 슬퍼하다

夾谷悼三歌

1.

지난날 생각하니 당신과 부부 되어
흰 머리 되도록 백년해로하자고 했었지.
선비의 생활이 어렵기 그지없어
문 빗장 떼어 밥을 짓고 머리 잘라서 쌀을 찧었지.
하루아침에 첫 벼슬 얻자[1] 좀 편해졌다고 기뻐하며
번화한 서울 거리에서 초라한 살림을 같이했었지.
손에 손 잡고 옛집으로 돌아왔는데
괴이하게도 직성이 양구(陽九)를[2] 만나게 되었구려.
봄바람은 율곡에서 차갑게 되고[3]
동방도 썰렁하게 잠긴 지 오래 되었소.

■

* 첫번째 부인 진양 유씨가 세상을 떠나고 아들 하나와 딸 둘도 일찍 죽
  자, 눌재가 남은 아들 하나를 데리고 살며 슬픈 마음을 읊은 시이다. 협
  곡은 이들을 묻은 곳이다.
1) 석갈(釋褐)은 베옷을 벗고 관복을 입는 것인데, 처음 벼슬한다는 뜻으로
   쓰였다. 눌재는 연산군 7년(1501) 문과에 급제하여 교서관 정자(정9품)
   로 벼슬살이를 시작했다.
2) 직성은 민간에서 신앙하는 별자리 가운데 하나인데, 직성이 양구를 만
   나면 목숨을 잃게 된다고 한다.
3) 율곡이 추워서 곡식 농사가 잘 되지 않자, 추연(鄒衍)이 피리를 불어서
   따뜻하게 했다고 한다. 그때부터 수수농사를 지어, 서곡(黍谷)이라고도
   한다. 여기서는 아내 유씨를 묻은 곳이다.

밝은 달 보며 그대를 그리워해도 사람은 보이지 않아
우리 짧은 인연이 진양 유씨만을 해쳤구려.
아아, 첫째 노래를 부르니 노래가 너무 괴로워라
끝없이 뛰는 내 마음속을 당신은 아시는지.

憶昔與君爲夫婦。　　　　期以百齡同白首。
書生計活太酸寒、　　　　炊屎剪髻墮窮臼。
一朝釋褐喜稍康、　　　　就食京華共升斗。
提携歸來舊枌社、　　　　怪底直星丁陽九。
春風律谷忽罷暖、　　　　洞房幽幽鎖閉久。
相思明月不見人、　　　　短分偏傷晋陽柳。
嗚呼一歌兮歌最苦、　　　脉脉我懷君知否。

2.

아름답던 두 딸 어슷비슷하게 자라
복사꽃으로 얼굴을 닦은 듯 정숙한 아씨들이었지.
지난해에는 잘생긴 아들까지 얻어 기뻤으니
강보에 싸였는데도 사람들이 기린아라고 불렀지.
저 푸른 하늘이 남겨 두지 않아 눈앞에서 가버렸으니
대체 왜 주었다가 다시 빼앗아 가셨나.
거친 무덤들이 올망졸망 어미와 자식들이 같이 묻혔는데

무덤가 나무에는 소슬하게 가을바람이 불어대네.
아아, 둘째 노래를 부르니 노랫소리가 대나무를 쪼개는 듯
꺼져 가는 등불을 혼자 바라보는데 어느새 새벽이 되었네.

兩箇好女生參差。　　　用桃黱面知淑姬。
去年且喜得岐嶷、　　　褯褓人稱麒麟兒。
蒼蒼不遺目前去、　　　夫何旣與還奪之。
荒陵纍纍母子同、　　　宰木瑟瑟西風吹。
嗚呼再歌兮歌裂竹、　　　獨向殘燈晨已移。

3.
슬프구려. 당신은 어찌 이다지도 서둘러 작별하였소.
황천이 겹겹이라 길 막혀 찾아갈 수가 없네.
내 귀 곁에다 앙앙 우는 어린것 남겨 주어
토닥토닥 두드리면서도 시름 속에서 잊지 못한다오.
배고프면 먹을 것 달라 하고 목마르면 마실 것 찾아
낮에는 한 그릇으로 먹고 밤에는 한 이불 덮는다오.
외롭게 어미도 없이 너는 누구를 믿고 살려느냐
밤새도록 자지도 않아 내 옷깃을 적시네.
아아, 셋째 노래를 부르니 가슴에 사무치는데
오경 두견새 소리에 산 속의 밤은 깊어만 가네.

嗟君此別何忙忙、　　泉重路阻不可尋。
遺得呱呱傍我耳、　　慇懃拊摩長欽欽。
飢當呼食渴覓飲、　　晝必同盂昏共衾。
惸惸無母汝何恃、　　徹夜不寐沾余襟。
嗚呼三歌兮歌激烈、　　五更杜宇山正深。

가을날 병을 탄식하다
秋病嘆

하늘이 내게 한 가지 재주도 주지 않고는
유독 많은 시름에다 온갖 병까지 주었네.
세상의 재주꾼들은 활개치고 걸어다니며
달팽이 같은 집에서 시나 읊으며 늙어가는 나를 비웃네.
이름나면 시기와 비방도 모여든다고는 하지만
내 몸에 시름과 병이 있다고 그 누가 질투하랴.
붉은 쇠천 잔뜩 싼 것은 정신 빠지게 하는 미끼이니
술잔과 그릇에 담긴 것들이야 어찌 향기롭기를 바라랴.
솟을대문 기와집에는 띠풀모자 쓴 사람들이 들끓어[1]
우러러보고 굽어보며 백 년을 헤아리네.
그대는 보지 못했던가. 두릉의 습유옹이[2]
시서(詩書)가 뱃속에 가득 찼어도 끝내 굶주리고 불우했었
던 것을.

■
1) 왕안석의 시에 "세월이 오래 되니 버드나무에 가지가 돋아나고, 땅이 외
   지니 띠풀모자 쓴 사람들도 모여들지 않네[年多但有柳生肘。地僻獨無
   茅盖頭。]"라고 하였다.
2) 당나라 시인 두보가 두릉에 살았으며, 46세에 숙종에게서 좌습유(左拾
   遺) 벼슬을 받아 1년 남짓 재직하였다.

天不畀我以一能、　　獨予多愁兼衆疾。
世上才藝掉臂步、　　冷笑謳吟老蝸室。
雖然名也集猜謗、　　二者於身誰送嫉。
牣裹紫金餌入神、　　何況樽盂望芬苾。
甲第紛紛茅盖頭、　　俯仰且度百年日。
君不見杜陵拾遺翁、　　詩書滿腹終飢趺。

옛시를 본받아 짓다
擬古

가을

아무도 없는 섬돌에 비가 뚝뚝 떨어지더니
텅 빈 섬돌에 새벽까지 떨어지네.
가을꽃이 아름답기는 하지만
마른 잎은 벌써 봄철에 떨어졌네.
첩이야 울면서 늘[1] 님을 생각하지만
벌레는 울면서 무엇을 사람에게 호소하나.
병을 기울이면 쏟아진 물을 거두기 어려우니[2]
점점이 귀밑머리에 서리가 새로워라.

一 右秋

滴滴空堦雨、	空堦滴徹晨。
秋花卽有艷、	枯葉正搖春。
妾泣長思主、	蟲啼底訴人。
傾瓶難拾水、	點點鬢霜新。

■
1) 장(長)자가 상(常)자로 된 곳도 있다. (원주)
2) 흘러간 세월을 가리킨다.

겨울

물시계 떨어지는 소리에 겨울밤은 길고
펄펄 눈이 내려 아침이 어두워라.
임 떠난 이불은 쇠처럼 차가운데
노래하는 전각은 봄날처럼 따뜻해라.
은혜가 식었으니 누가 첩을 따뜻하게 해주려나
화롯불이 남아 있어 사람의 시름을 펴주네.
궁궐 수레소리가 은은히 들려오니
어느 곳에서 임금님 총애가 바야흐로 새로워졌나.

一 右冬

玉漏冬宵永、　　　瀌瀌雪暗晨。
別衾寒出鐵、　　　歌殿暖融春。
恩冷誰溫妾、　　　爐存借熨人。
宮車聞隱隱、　　　何所寵方新。

봄

도르레는 아름다운 우물에서 돌아가고
등잔 기름이 다하자 동방에 새벽이 찾아드네.
장문궁은 낮에도 풀에 덮여 어둡고[3]
상원에 봄이 되니 꽃이 밝아라.
그 누가 사랑을 베는 칼날 가지고

갑자기 돌아서서 박정한 사람이 되었나.
한식날 그네 뛰려고 모였지만
부르시는 명령이 새로 날까봐 헛되이 바라보네.

― 右春

轆轤金井轉、	燈盡洞房晨。
草暗長門日、	花明上苑春。
誰將割愛刃、	飜作薄情人。
寒食鞦韆會、	虛瞻召命新。

여름

이궁은 시름으로 어두운데
여름밤은 쉽게 새벽이 되네.
창포 잎에는 하염없이 비가 내리는데
석류꽃만은 별나게 봄날일세.[4]

■
3) 한때 진황후(陳皇后)가 한나라 무제에게 사랑을 잃고 장문궁에 물러나
있었다. 손님이 찾지 않는 장문궁에는 풀만 우거져, 낮에도 어두웠다.
그러다가 진황후가 문장가 사마상여(司馬相如)에게 백금을 주어 〈장문
부(長門賦)〉를 짓게 하자, 그 글을 읽어본 무제가 진황후를 가엾게 여겨
다시 돌아보게 되었다. 상원은 천자의 정원이다.
4) 석류꽃은 여름에 꽃이 핀다.

원앙새가 짝을 잃었으니
아마도 앵무새가 이간질을 시켰겠지.
무엇으로 이 긴 날을 보내려나
바늘에 실 꿰어 새로이 수를 놓네.

一 右夏

離宮愁黯黯、　　夏夜易回晨。
蒲葉無端雨、　　榴花別樣春。
鴛鴦曾背儷、　　鸚鵡定讒人。
何以消長日、　　紉針刺繡新。

낙동역에서 자다

宿洛東驛

卷
三

추위 막는 술을 조금 들이키고는
갈까마귀가 둥지에 들자 등불을 옮겨 놓았네.
솔바람 소리 구슬프니 외로운 객관도 차갑고
달이 지나가니 담장이 낮아지네.
성주가 사람을 보내 문안하니
하인이 선물을 가지고 왔네.
어느 때에나 행역을 그만두고서
물장군 곁에 끼고서 산밭에 물 주게 되려나.[1]

■

1) 자공(子貢)이 남쪽 초나라를 유람하고 진(晉)나라로 돌아오려고 한수
(漢水) 남쪽을 지나다가, 한 노인을 만났다. 그는 밭이랑을 일구기 위해
땅에 굴을 파고는, 우물에 들어가 물장군에다 물을 퍼 들고 나와서 밭에
다 물을 주었다. 낑낑대며 힘은 많이 들였지만, 그 효과는 적었다. 그래
서 자공이 말했다.
"이곳에 기계를 쓰면 하루에 백 이랑씩 물을 댈 수 있을 것이오. 힘도
적게 들 뿐 아니라, 그 효과가 큽니다. 왜 당신은 기계를 쓰지 않으십니
까?"…(중략)…
밭일을 하던 노인이 얼굴빛을 붉혔다가, 곧 웃으면서 말했다.
"우리 스승에게 들으니, 기계가 있으면 반드시 기계를 쓸 일이 생기고,
기계를 쓸 일이 생기면 반드시 기계를 쓰려는 마음이 생긴다고 하였소.
그런 마음이 가슴속에 차있으면 순진 결백한 마음이 없어지고, 순진 결
백한 마음이 없어지면 정신과 성정이 불안정하게 되어, 도가 깃들지 않
게 된다고 하였소. 내가 기계를 쓸 줄 몰라서 그러는 게 아니라, 부끄러
워서 쓰지 않는 것이라오." -《장자》제12편〈천지〉

少啜防寒酒、　　移燈鴉定棲。
松悲孤館冷、　　月過小墻低。
地主通伴問、　　僮人有抱攜。
何時罷行役、　　側甕灌山畦。

의령 고 현감의 시에 화답하다

和高宜寧

3.

늙고 시든데다 게을러져서
관아에 늦어 아침 시간을 대지 못하네.
한푼이라도 남의 돈은 끝내 사양하고[1]
천 수 시에는 봄만 담았을 뿐이네.
시에 있어서는 탐리라 이름짓게 내버려 두고[2]
몸은 수척한 사람이라고 부를 만큼 수척해졌네.
그대에게 술 따르려고 주모를 부르니
관아의 독에서 새 술을 꺼내네.

衰朽仍成懶、　　　衙遲不及晨。
一錢終謝客、　　　千首祇收春。
詩任名貪吏、　　　形從號瘦人。
倒君徵酒母、　　　官瓷發醋新。

■

* 고운(高雲, 1495-?)의 자는 언룡(彦龍)이고, 호는 하천(霞川)이다. (원
  주) 의령 현감 고운이 지은 시에 화운한 시이다.
1) 한나라 유총(劉寵)이 회계 태수로 선정을 베풀고 그만두게 되자, 고을
  백성들이 그를 고맙게 여겨 백 전씩 바쳤다. 그러자 그는 그 가운데서
  큰 돈 한 닢만 받았다고 한다.
2) 돈을 탐내는 관리가 아니라, 시 많이 짓기를 탐내는 관리라는 뜻이다.

5.
죄수를 심문하러 함평에 가느라고
어둠 속 잠자리에서 밥 먹다 보니 새벽이 되었네.
어린 아들은 병이 옮았다 하고
내 몸도 봄을 타는 듯해라.
길에서 태형을 내리고 전역으로 돌아가
하인들을 쉬게 하려 생각했건만,
의원과 무당을 번갈아 불러오게 했으니
걱정이 저절로 새로워지네.

問獄咸平去、　　昏將蓐食晨。
小兒言染疾、　　吾氣驗怵春。
路榜回前驛、　　行謀輕僕人。
醫巫交請致、　　憂慮自然新。

꿈 속에서 형님을 보다
夢伯氏

형님께서 무오년(1498) 가을에 세상을 떠나 유명을 달리하면서 염량에 변화가 있었다. 그해 겨울 호남에서 서울로 간 지 닷새 되던 날 꿈에 보이셨고, 그 뒤 또 그렇게 한 것이 세 차례나 되었다. 형제간의 지극한 정이 저승까지 가서도 나그네 길의 눈과 바람을 염려해 주기 때문에 그런 것인가.

한번 헤어진 뒤에 가까이 할 길이 없었으니
할미새 나는 들판에[1] 풀만 우거졌네.
시와 책들을 치워둔 지가 며칠이나 되었나
문장은 지금까지 그대로 있네.
먼 곳까지 와서 꿈속에 나타나시니
추운 밤에 마음이 거듭 슬퍼지네.

---

* 눌재가 15세 때에 아버지가 세상을 떠나자, 그 이듬해부터 형님인 하촌(荷村) 박정(朴禎)에게서 글을 배웠다. 그로부터 9년 뒤에 형이 세상을 떠났다.
1) 할미새 들판에서 바쁘듯
  형제의 어려움을 급히 구하네.
  아무리 좋은 벗이 있다고 해도
  그럴 때에는 긴 한숨만 쉬네.
  脊令在原、 兄弟急難。
  每有良朋、 況也永歎。
  -《시경》〈상체(常棣)〉
  할미새가 들판에서 바삐 돌아다니는 것을 형제끼리 도와주는 모습에 비유한 시인데, 이 시에서는 눌재가 세상 떠난 형을 그리워하면서 할미새를 끌어다 쓴 것이다.

一別無由近、　　鴿原草獨深。
詩書埋幾日、　　翰墨到如今。
遠地來和夢、　　寒宵重愴心。
江南還萬里、　　起坐淚盈襟。

김제에서 부안에 이르다

金堤至扶安

벼꽃이 끝없이 피어 원근을 분간키 어려워라.
가을빛이 갑자기 외로운 성에 찾아들었네.
게 구멍에는 고기잡는 아이가 서 있고
강 다리에는 장삿배가 머물러 있네.
언덕을 넘어서다 저녁 기운에 놀라고
기러기소리 들으며 변방소리에 서글퍼지네.
게으르고도 못나서 늘 세상과 어긋나니
바람처럼 마음대로 먼 길에 나서네.

稻花迷遠近、	秋色忽孤城。
蟹穴漁童立、	江橋市舶停。
度坡驚暮氣、	聞鴈愴邊聲。
懶拙長違世、	飄飄任遠征。

금산에서 입으로 부르다

錦州口號

금산 온 고장이 맑고도 깊숙해
길 가는 말까지 따라서 느려지네.
병풍 같은 산봉우리들이 가려서 하늘이 작게 보이고
구름이 막고 있어 낮인 줄 알지 못하네.
관가에서는 조세로 잣과 꿀을 거두고
마을에서는 산밭을 같이 갈아서 먹고 사네.
무릉도원에라도 들어온 듯해
먼지와 진흙탕 길이 넓고도 풀 우거졌네.

一區淸更邃、　　　征靶故迤遷。
嶂束看天小、　　　雲封爽晝全。
公租收檜蜜、　　　鄕井共山田。
似入桃花境、　　　塵洿路闊千。

59

띠를 인 정자
茅亭

1.

왕의 녹봉을[1] 들이지 않아도 비용이 되고
꾸리는 것도 하루면 되네.
쉬 편안해져 우쭐한 기분도 즐거우니
크게 덮어서 다들 기쁘게 하려던 일이 부끄러워라.
음미하며 캐어볼 책이 천 권이나 되고
다스리며 종아리 칠 대나무도 만 대나 있네.
아침마다 구름이 산봉우리에서 나와
물끄러미 앉아서 남산을 마주보네.[2]

貲不徵王錄、　　　經營一日間。
易安忻寄傲、　　　大庇媿俱歡。
味討書千卷、　　　清捶竹萬竿。
朝朝雲出岫、　　　脉脉對南山。

■
1) 록(錄)자는 녹(祿)자인 듯하다. 구태여 벼슬해서 녹봉을 받지 않아도 띠
  풀을 인 정자는 지을 수 있다는 뜻이다.
2) 이 시의 구절들이 도연명의 〈귀거래사〉와 〈음주〉에서 많이 나왔다.

2.

띠 한 묶음으로 이은 정자에서
인생 백 년을 노래하고 곡하리라.
친구들은 모두 기러기를 잡는데[3]
이웃집에서만은 아욱을 삶네.[4]
만 리 바람이 달빛을 보내고
외로운 마음에 술이 시를 나오게 하네.

■

3) 장자가 산에서 내려와 친구의 집에 머물게 되자, 친구가 기뻐하면서 하
   인에게 일러 기러기를 잡아 요리하라고 하였다. 그러자 하인이 물었다.
   "한 놈은 잘 울고, 한 놈은 울 줄 모르는데, 어느 놈을 잡을까요?"
   주인이 말하였다.
   "울 줄 모르는 놈을 잡아라."
   그 다음날 제자가 장자에게 물었다.
   "어제 산 속의 나무는 재목감이 못 되어 천수를 다했는데, 오늘 이 집 주
   인의 기러기는 쓸모가 없어서 죽었습니다. 선생님께서는 어떻게 처신하
   려고 하십니까?"
   장자가 웃으며 말하였다.
   "나는 재목이 되고 못 되는 것의 중간에서 처신하겠다."
   -《장자》〈산목(山木)〉
4) 유월에는 아가위랑 머루랑 따 먹고
   칠월에는 아욱이랑 콩이랑 삶아 먹네.
   六月食鬱及薁、　七月烹葵及菽。
   -《시경》〈칠월〉
   맛있는 음식을 먹는 친구네 집과 나물이나 야채만 먹는 초가집을 비교
   하였다.

무릎 들여놓을 곳밖에는 구하지 않으리니
황금과 구슬은 위태해지기가 쉽다네.

一把有茅茸、　　百年歌哭斯。
故人皆殺鴈、　　隣舍獨烹葵。
萬里風將月、　　孤懷酒撥詩。
不求容膝外、　　金玉易傾危。

괴로운 장마비
苦雨

오월 중순에 장마가 시작되어
여름이 다할 때까지 줄줄 내리네.
땔나무 한 단이 쌀 한 말보다도 비싸고
찬밥이라도 먹으려면 또 동풍이 불어오네.
집집마다 방에선 배고파 우는 소리가 들려오고
관가 성에서는 다투어 흙일을 하네.[1]
임금께서 황극을[2] 세웠으니
장마비여 이제는 퍼붓지 말게나.

五月中旬始、　　淫淫到夏窮。
束薪輕斗米、　　寒食更東風。
第棟連飢叫、　　官城競土功。
君王建皇極、　　恒雨莫濛濛。

■
1) 장마로 무너진 성채를 보수하는 공사이다.
2)《서경》〈홍범〉 가운데 가장 중요한 치세의 요체인데, 대중지정(大中至正)의 뜻이다.

쾌심정에 쓰다

題快心亭時梅雨新晴佳致愈呈府尹李先生世
貞置酒同諸賢就席酒半口號

호수와 성곽이 더없이 깨끗한 고장에서
술자리를 우연히 같이하게 되었네.
지난밤 비로 산에는 윤기가 돌고
시냇물은 반나절 바람에 흔들리네.
나그네 마음은 늘 좌절을 느끼고
구름 방향은 또 동쪽으로 옮겨가네.
지는 햇살 속에 마을 절구 소리가 들려와
오랫동안 쑥대처럼 떠도는 내 신세를 슬프게 생각했네.

湖城淸絶地、　　　樽酒偶然同。
山潤前宵雨、　　　溪搖半日風。
客心長折北、　　　雲勢又移東。
落景聞村杵、　　　傷懷久轉蓬。

* 제목이 길다. 〈쾌심정에 쓰다. 이때 여름 장마가 갓 개어 아름다운 경치
  가 더욱 잘 드러났다. 부윤 이세정 선생이 술을 차려 놓아, 여러 선비들
  과 함께 술자리에 나아가 마시던 도중에 이 시를 읊었다.〉
** 쾌심정: 제남정에서 4리 떨어져 있다. 시내를 따라 올라가면 산이 끊어
  지고 물이 돌아서 내려가는 낭떠러지가 있는데, 돌을 쌓아 터를 만들고,
  그 위에 정자를 세웠다. -《신증 동국여지승람》권33 〈전주부〉

다시 언룡의 시에 화답하다

復和彦龍

1.

나이 늙어지니 환해지면 잠을 못 자
새벽이 되면 흰 머리를 빗네.
마음은 공중에 가로걸린 칼에 꺾이고
거울에 가득한 봄 모습 속에 내 얼굴만 쭈글어들었네.
지나간 날들은 어느 곳에 쌓여 있는가
남은 허물이[1] 다투어 사람에게 달려오네.
시 지어 주겠다던 빚들을 다시금 찾아보니
금성[2] 교외에 풍광이 새로워라.

殘年淸不寐、　　白髮理當晨。
心折橫空劒、　　顔摧滿鏡春。
何邊堆往日、　　餘咎競來人。
更索吟中債、　　風光錦外新。

■

* 언룡은 의령 현감 고운의 자이다.
1) 구(咎)자는 귀(晷)자의 잘못인 듯하다. 그렇게 되면 "남은 시간"이 된다.
2) 나주의 옛이름이다.

제목없이 짓다

無題

예전부터 알던 승주[1] 가는 길
오늘 다시 와서 팔마비[2]를 찾았네.
세금 바칠 소금 굽느라 집주인들은 없어졌고
공물 바치는 귤을 싸느라 성한 가지 하나도 없네.
소낙비에 가을소리는 떨리고
서풍이 불자 더운 기운이 옮겨 가네.
도호부사의 직인은 축 늘어지고
귀밑 흰 머리털이 바람에 흔들리네.

■

1) 승주는 순천의 옛이름인데, 눌재가 1517년 봄에 순천 도호부사(종3품)
   에 임명되었다. 그러나 이해 10월에 어머니 서씨의 상을 당하여, 곧 사
   임하였다.
2) 고려 충렬왕 시대에 순천 부사였던 최석(崔碩)이 임기를 마치고 비서랑
   (秘書郞)으로 승진해 돌아가는데, 백성들이 말 여덟 필을 선물로 바쳤
   다. 그러자 최석이 "서울로 갈 수만 있으면 된다"고 하면서, 한 마리만
   타고 갔다. 그 뒤 최석이 "내가 탄 말이 망아지를 낳았다"면서, 어미와
   망아지까지 함께 돌려보냈다. 그때부터 태수가 이임할 때에 말 여덟 마
   리를 바치는 폐단이 없어져, 백성들이 그의 덕을 기리며 '팔마비'를 세
   웠다. 《강남악부》에 그 사연과 시가 실려 있다.

舊識昇州路、　　重尋八馬碑。
煮租鹽絕戶、　　包貢橘無枝。
白雨秋聲顫、　　西風暑氣移。
纍纍都護印、　　嫋嫋鬢邊絲。

직제학 서덕재를 배웅하다
送別徐直學德載父

마름꽃이 북쪽 물가에 깔려 있는데
남쪽 포구에서 그대를 배웅하네.
배는 여강의 달을 향해 갈 테고
깃발은 새재의 구름을 뚫고 달리겠지.
병진년에[1] 진사를 같이했는데
신사년에[2] 그대와 헤어지네.
만약 하늘가에서 술을 권한다면
누가 만 리 이별을 견뎌내랴.

蘋花敷北渚、	南浦送夫君。
舟向驪江月、	旗穿鳥嶺雲。
丙辰同進士、	辛巳別斯文。
若侑天涯酒、	誰堪萬里分。

■
1) 눌재가 연산군 2년(1496) 봄에 생원시에 합격하였다.
2) 중종 16년(1521) 봄에 상주 목사에 임명되었다가, 여름에 충주 목사로
옮겼다.

중원 북쪽 나루에서 관동으로 돌아가는 아우와 헤어지다

中原北津別舍弟歸關東幕

강가에서 한잔 술 들며
그대를 관동으로 보내네.
모래밭 풀가에 말을 세우고[1]
학 내리는 물가 바람 속에 앉으니,
흰 물이 생각 속으로 흘러들고
푸른 산은 눈 속으로 들어오네.
바람결에 동기간 헤어지니
봄 기분을 어느 때에나 같이 즐기게 되려나.

江上一杯酒、　　　　送君關以東。
馬亭沙磧草、　　　　人坐鶴汀風。
白水流襟內、　　　　靑山落眼中。
飄然分棣萼、　　　　春意幾時同。

■
1) 정(亭)자는 정(停)자인 듯하다. (원주)

황산 개태사 무쇠절구를 아우의 시에 차운해서 짓다

黃山開泰寺水鐓臼次弟韻

무쇠절구를 돌리려면 만 마리 소도 늑장부렸다고 들었는데
지금은 흙모래 속에 반쯤 기울어져 보이네.
그 옛날엔 남쪽 땅 곡식을 다 찧었다니
굶주린 백성들 어떠했을지 굶주린 중들 보면 알겠네.

昔聞回首萬牛遲。　　今見泥沙半面欹。
春盡當年南土粟、　　飢氓何似見僧飢。

* 황산은 일명 천호산(天護山)이라고도 하는데, (연산)현 동쪽 5리에 있다. -《신증 동국여지승람》권18 〈연산현〉
** 개태사는 천호산에 있는데, 고려 태조의 진영을 모신 전각이 있다. -《신증 동국여지승람》권18 〈연산현〉
*** 권4에 율시만 실었다고 했는데, 이 시는 칠언절구다. 뒤에도 절구들이 많이 실렸다.

卷四

무옥만사
茂沃挽詞

1.

나와 쌍벽의 문장 이루면서 언제나 먼저 불려
옥당에 잇달아 들더니 과연 뛰어올랐네.
한마음으로 금석같이 나라에 충성 바쳤는데
오늘 아침에 장례 지내며 가슴을 아프게 하네.

雙璧文成首見稱。　　　玉堂相繼果超騰。
一心徇國規金石、　　　蒿里今朝痛背膺。

7.

서른에 공명 이루고 마흔에 죽었으니
한 웅큼 흙이 문장을 덮었네.
지난날엔 평생 나란히 지내며 서열을 무시했지만[1]
저승에 올라가선 범식과 장소를 부끄럽게 만드세나.[2]

三十功名四十亡。　　　一杯之土盖文章。
連床平昔輕班尹、　　　扶上泉臺愧范張。

■

1) 무옥은 부안 현감 지평을 지낸 김개(金漑)의 자이다. 눌재와 무옥은 문
   과에 같이 급제하고 홍문관에도 같이 있었다.
2) 범식과 장소는 한나라 때의 인물들인데, 우정과 신의가 두터웠다. 저승
   에 가서도 우정이 변치 말자는 뜻이다.

71

동지중추부사 김세필이 지비천에
집을 짓고 미장이가 오는 편에
편지를 보냈기에 시를 지어 답하다
金同樞世弼結築知非川因鏝人來附書詩以答之

1.

반지에 쓴 편지를 미장이가 전해 주어

공(工)자 모양의[1] 집이 숲속 빈 터에 세워진 것을 알게 되었네.

주인은 돈으로 돕지 못해 부끄러우니

뒷날 초가집을 세우게 되면 글 지어 보내라고 부탁하게나.

鏝手擎傳半紙書。　　　忽聞工字出林廬。

主人却媿無錢助、　　　他日徵文起草廬。

■
* 김세필(1473-1533)의 자는 공석(公碩)이고, 호는 십청헌(十淸軒)이다.
  (원주)
1) 당(堂)의 체제가 공(工)자 같았으므로, 시 속에서 이렇게 말하였다. (원주)

2.

그 옛날 생각하니 다리 서쪽에서 술잔 나누고
서로 얼큰해져 밤길에 돌아오는 것도 겁내지 않았지.
다시 시 지을 거리를 찾으니 끝이 없어
보리는 패기 시작하고 밀은 낱알이 들었네.

憶昔橋西酌野杯。　　　相酣不怕夜深來。
重尋不盡詩材物、　　　大麥初花小麥胎。

동지중추부사 김세필의 시에 다시 차운하여 시골집의 여러 가지 이야기를 짓다

再和金同樞世弼述田家雜語

1.

늙은 아내가 수수밥 짓느라 독 기울여 다 없애고는
아침에 거친 언덕을 개간하느라 열 사내 품을 샀네.
농사에나 힘쓸 일이지, 못살게 굴까봐 걱정할 필요없으니
조정에는 모두가 훌륭한 선비들뿐이라네.

老妻炊黍甑傾無。　　朝墾荒坡雇十夫。
勤力不須愁掊克、　　廟堂聞道盡鴻儒。

3.

서편 이웃과 서로 유무상통하며 지내니
모두들 태평시대에 거처를 받고 사는 사람들일세.[1]

* 십청헌(十淸軒) 김세필(金世弼)이 〈증눌재(贈訥齋) 10수〉를 지어 주자, 눌재가 여러 차례 화답하였다. 김세필이 처음에 지었던 〈증눌재 10수〉는 《십청헌집》 권2에 실려 있다.
1) 신농씨의 가르침을 실천하는 허행(許行)이라는 사람이 있었다. 그가 초나라에서 등나라로 찾아와, 왕궁 문 앞에 이르러 문공에게 말했다.
　"먼 곳에 살던 사람이지만, 임금님께서 어진 정치를 펴신다는 소문을 듣고 찾아왔습니다. 집을 한 채 받아서, (임금님의) 백성이 되기를 원합니다."
　그러자 문공이 그에게 거처할 곳을 주었다. -《맹자》〈등문공〉상

卷五

봄가을이면 막걸리에다 닭과 돼지를 추렴하면서
학교에서 옛책의 글이나 훔쳐 쓰는 선비를 백안시하네.[2]

相與西隣濟有無。　大平俱是受塵夫。
春秋濁酒鷄豚社、　白眼膠庠竄籍儒。

4.

선비와 농부야 어찌 세상에 없을 수 있으랴
먹고 입는 것을 옛부터 농부에게 의지해 왔네.
위에서 농사를 소홀히 다룬다고 말하지 말게나
동당 과시에서 시험치는 선비들에게 늘 대책을 논하게 했네.

士農於世豈相無。　資養由來待野夫。
莫道上踈治野具、　東堂恒策桂林儒。

■
2) 진(晉)나라 때에 죽림칠현 가운데 한 사람이었던 완적이 상을 당하였는
   데, 혜희(嵇喜)가 찾아와 문상하자, 흰 눈동자로 쳐다보았다. 흘겨본 것
   이다. 백안시(白眼視)라는 말이 여기에서 나왔다. 그러나 그의 아우인
   혜강(嵇康)이 술과 거문고를 가지고 찾아오자, 검은 눈동자로 맞아들였
   다. 백안시와는 반대로, 반갑게 맞아들인 것이다.

5.

내 어찌 세금을 피하려고 노자나 부처를 배우랴
아들 손자가 눈에 가득한데 또 사내를 보탰네.
삼, 명주, 조, 쌀로 내 맡은 일을 해내니
임금은 부처를 물리치고 선비를 높이네.

逃稅吾何學寂無。　　兒孫滿眼又添夫。
麻絲粟米堪供職、　　斥佛君王雅尙儒。

7.

다리 서쪽에 곡식이 익어 참새를 쫓네.
귀여운 아이는 겨우 열두세 살.
사람이 찾아와서 농사일을 물으면
어른을 제쳐놓고 곧잘 대답하네.

粟熟橋西嚇雀專。　　嬌兒纔十二三年。
人來借問田家事、　　替却爺爺說得賢。

9.

가뭄을 만나면 새벽부터 저녁까지 물 지키느라 매달리는데
올해는 가뭄이 을사년보다도 더 심해라.[3]
굶주린 백성 먹여 살리는 정책을 누가 시행하랴
태수가 현명한지 아닌지 모르겠구나.

遇旱晨昏守水專。　　今年且甚赤蛇年。
賑飢良策有誰擧、　　太守不知賢未賢。

■
3) 성종 을사년(1485)에 큰 가뭄이 들었다. (원주)

동지중추부사 김세필이 지은 시에
세 번째 화운하여 시골집의
여러 가지 이야기를 읊다

三和金同樞田家雜語

2.

세금과 빚을 갚고 나니 입으로 갈 게 없어
위급한 일이 농부에게 닥치지 않기를 바랄 뿐이네.
밭 가는 일을 바꿀 수만 있다면 책농사 짓는 일이 귀하니
산이나 바다의 나그네 가운데 절반은 선비 되는 것이 꿈이
라네.

稅債遺餘及口無。　　危機幸不到犁夫。
耕田可換耕書貴、　　嶺海羈魂半是儒。

3.

네 뽕은 광주리에 가득한데 내 광주리에는 없어
밭길 따라가며 "내게는 남편이 있다"고 슬프게 노래하네.[1]
하늘 위에서야 어찌 누에 치는 아낙네의 괴로움을 알랴
〈경직도〉를 그린 누숙 같은[2] 선비는 더더욱 없네.

■

1) 악부시 〈맥상상(陌上桑)〉에서 진라부(秦羅敷)가 뽕을 따는데 태수가
유혹하자, "태수님께는 부인이 있고, 나부에게는 남편이 있지요[使
君自有婦、羅敷自有夫。]"라고 나부가 노래하였다. 원래 진라부는 왕
인(王仁)의 아내였는데, 왕인이 조왕(趙王)의 가령(家令)이 되자 조
왕이 나부를 유혹한 것이라고 한다. 나부가 쟁(箏)을 타면서 이 노
래를 부르자, 조왕이 단념했다고 한다.

爾桑盈筥我筐無。　　遵陌悲歌自有夫。
天上豈諳蠶女苦、　　作圖樓璹更無儒。

4.

머리타래 잘라서 돈과 바꾸느라 내 쪽머리가 없어졌네.
새벽에 현미로 밥 지어 김매는 남편을 먹이네.
남쪽 이웃집 여인은 밤마다 청루 여인이 되어
술 따르고 거문고 타며 호협한 선비에게 달라붙네.

剪髮輸錢我髻無。　　晨炊脫粟餉耔夫。
南隣夜夜靑樓女、　　打酒調絃狎俠儒。

■
2) 송나라 때에 조의대부를 지냈는데, 〈경직도〉를 그렸다. 밭 가는 그림
이 21장이고, 베 짜는 그림이 24장인데, 각기 5언시가 붙어 있다.

속집

서경의 부산정 시에 차운하다
次恕卿釜山亭韻

2.

푸른 벼랑 외롭게 끊겨진 곳에서

고을 관리가[1] 낮은 소를 내려다보네.

한강 북쪽에선 임금 하직하기에 급했었고

하늘 남쪽으로는 갈 길이 멀기만 해라.

봄을 만났다고 어찌 눈물이 그치겠나

술이 있어도 시름을 없애지 못하네.

바라건대 구씨산의 학을 빌려 타고서[2]

훨훨 구주[3] 밖으로 나가고 싶어라.

■

* 서경은 한충(韓忠, 1486-1521)의 자이고, 호는 송재(松齋)이다. 중종 8년
(1513) 문과 별시에 장원급제한 뒤에 좌승지를 거쳐 충청 수군절도사로
나가 있었지만, 기묘사화에 얽혀 유배되었다가 남곤의 흉계로 신사무옥
에 연루되어 매맞아 죽었다. 황서경(黃瑞慶)의 이름과 한충의 자 서경의
음이 같으므로, 평소에 그의 문장을 샘내던 남곤이 그를 투옥시켰던 것
이다. 시호는 문정(文貞)이다.

** 부산정은 경기도 진위현 객관 북쪽에 있었다.

1) 원문의 리(理)는 리(吏)와 통하는데, 여기서는 한충을 가리킨다.

2) 선인 왕자진(王子晉)이 백학을 타고 구씨산 마루에 내려왔다고 한다.

3) 《서경》〈우공(禹貢)〉에 우임금이 홍수를 다스리고 중국 땅을 아홉 지방
으로 나누어 9주를 정한 사적이 실려 있는데 기주(冀州), 연주(兗州), 청
주(靑州), 서주(西州), 양주(揚州), 형주(荊州), 예주(豫州), 양주(梁州),
옹주(雍州)이다. 여기서는 사람이 사는 세상을 가리킨다.

蒼崖孤截處、　邑理俯卑湫。
漢北辭君急、　天南去路悠。
逢春何限淚、　有酒不賒愁。
願借緱山鶴、　飄飄出九州。

소사에서 서경과 헤어지다
所沙別恕卿

용주에서 충수[1]와 헤어지고
소사원에선 또 그대와 작별하네.
외로운 봉우리에는 달빛 아득하고
상당산성[2]에는 구름이 아득히 덮여 있네.
사이좋은 친구와 서로 헤어지면
글 다듬으라고 누가 권하겠나.
지란이 있는 방에[3] 들어간 것 같아
내 몸 언저리에서 끝없이 향기가 나네.

龍州別沖叟、　　　沙院又分君。
逖逖孤峯月、　　　茫茫上黨雲。
相乖窈窕偶、　　　誰侑琢磋文。
幾入芝蘭室、　　　身邊不盡芬。

■

1) 신진사류(新進士類)로 이들과 함께 어울렸던 충암(沖庵) 김정(金淨)인
   듯하다.
2) 청주 율봉역 북쪽 산에 있던 성이다.
3) 지초와 난초를 넣어두어 향기가 풍기는 방이다.《공자가어(孔子家語)》에
   "착한 사람과 함께 있으면 마치 지초와 난초가 있는 방에 들어간 것 같
   아, 오래 있으면 그 향기를 맡지 못하게 되니 그에 동화되었기 때문이
   다"라고 하였다. 지란지교(芝蘭之交)란 좋은 친구를 가리킨다.

일본국 사승 역창의 시에 차운하다
次日本國使僧易窓韻

만 리 바닷길에 술잔을 띄워[1] 별에 부딪치며 와서는
해 돋는 동쪽 고국을 향해 머리를 자주 돌리네.
역관의 방울소리는 시름 속 달빛에 듣고
선방의 꽃나무는 꿈속의 봄일세.
팔십이나 되는 누대를 두루 찾아다니니
시구 삼천 자가 글자마다 새로워라.
부상[2]의 누에고치를 다시 따다가
풀옷 입고 사는 사람들에게 예복을 가져다 주게나.

浮杯萬里憂星辰。　　　故國日東回首頻。
驛館鐸鈴愁裏月、　　　禪房花木夢中春。
樓臺八十行行遍、　　　詩句三千字字新。
更取扶桑如瓮繭、　　　歸來黼黻卉裳人。

■
1) 이름을 알 수 없는 진(晉)나라 스님이 늘 나무잔을 띄워 물을 건넜다. 그
   래서 사람들이 그를 배도화상(杯渡和尙)이라고 불렀다. 자잘한 행실을
   닦지는 않았지만, 신통한 힘이 탁월하였다.
2) 동해에 있는 신목(神木)인데, 두 나무가 서로 부축하고 있어 부상(扶桑)
   이라고 한다. 해 뜨는 곳을 가리킨다. 이 시에서는 문화가 낮은 왜인들
   에게 옷을 입히기 위해 뽕나무를 끌어온 것이다.

무진정에서 탈춤을 즐기다

金監司某曹兵使某柳水使某俱會黃某之無盡
亭明日柳出麾下二校服夷章旋舞訖又著優人
假面呈戲

1.

검푸른 눈동자로 빙빙 돌면서 하늘하늘 춤을 추네
두 군사가 소매를 맞대고 그림옷을 펄럭이네.
분단장한 기녀들은 휘장 안에서 모두들 손뼉 치고
장군도 고개를 돌리며 돌아갈 줄을 모르네.

紺瞳旋舞絶依俙。　　兩校聯翩繪畵衣。
紅粉帳中齊拍手、　　將軍回首不知歸。

2.

누가 군관과 가면들을 보냈던가
자리에 가득한 아름다운 여인들이 한꺼번에 도네.
군문에서 공 차는 일 따위야 참으로 대수롭지 않아
광대 놀음을 빌어서 놀며 별다른 재주를 보이네.

■

* 원제목이 길다. 〈감사 김 아무개, 병사 조 아무개, 수사 유 아무개가 모
두 황 아무개의 무진정에 모였다. 이튿날 유 아무개가 휘하의 두 병사를
내어 오랑캐 옷을 입히고 빙빙 돌며 춤추게 한 뒤에, 끝나자 또 광대의
탈을 쓰게 하고 놀이를 보여 주었다.〉

87

誰遣軍官假面來。　　佳人滿座一時廻。

轅門蹴踘眞閑事、　　借弄優機做別才。

함창 광원루에서 현판시에 차운하다
咸昌廣遠樓次板韻

관아의 나무와 연못이 고요해
누대에 올라 눈을 들어 살펴보았네.
동전 같은 연잎들은[1] 푸르게 첩첩이 떠있고
오동나무 꽃줄기는 자줏빛 너울너울 드리워져 있네.
나그네 마음은 돌아가는 구름같이 급한데
시름 속에 시를 읊으니 지는 해가 한창일세.
주인이 공무를 끝내려 하자
거리의 군졸들이 서너씩 흩어지네.

官樹官池靜、　　　登樓放目探。
荷錢靑疊疊、　　　桐蕚紫毿毿。
客意歸雲急、　　　愁吟落日酣。
主人倚欲罷、　　　街卒散三三。

■
1) 연잎이 처음 나올 때에 그 모양이 조그만 동전 같으므로 하전(荷錢)이라
   고 하였다.

상주에서 충주로 옮겨가면서
함창에 이르렀다가 조 현감에게 지어 주다

尙州移忠州至咸昌贈趙使君

관아거리에서 물렀거라 외치며 종들이 길 인도하자
사또의 말 뒤에 아전들이 에워싸듯 따라나서네.
누대의 아침 햇살은 새벽을 깨치며 발 틈으로 비치고
연못가 나무들은 물 머금어 이슬 기운 반짝이네.
시들고 병든 몸이 하늘 끝에 떨어져 갑자기 놀라워라
뒤따라 가면서도 눈앞이 희미한 것을 어찌할 수가 없네.
내일 아침 고개 넘으면 남북으로 나뉘게 되니
이별의 술잔 다 비우고 가득 취해서 돌아와야겠네.

清喝官儸導皂衣。　　　使君騎後吏如圍。
樓暾破曉簾光射、　　　池樹銜滋露氣霏。
衰病忽驚天外落、　　　追隨其奈眼中稀。
明朝度嶺分南北、　　　好倒離樽盡醉歸。

■
* (현감 이름은) 세정(世楨)이다. (원주)
** 눌재가 중종 16년(1521) 여름에 상주 목사에서 충주 목사로 옮겨 갔는
  데, 충주 부임길에 함창을 지나게 되자 함창 현감 조세정이 잔치를 베풀
  었다. 이 자리에서 눌재가 조세정에게 이 시를 지어 주었다.

상주 교수 장세창의 시에 차운하여 헤어지는 마음을 쓰다

次尙州敎授張世昌韻叙別

타향 남의 술자리에서 또 서로 헤어지니
사람의 일은 들쑥날쑥해 헤아릴 수가 없네.
명은루 가에서 이별의 눈물 거두고
노음산 밑에서 돌아가는 말을 보네.
학생 차림으로 성균관에 있던 날을 추억하며
남쪽 땅 끝에서 흰 머리로 헤어질 시간을 아쉬워하네.
천지는 한 집안이니 가고 머무는 것이 없건만
왕손의 봄풀은[1] 돌아갈 시기라고 속이려 드네.

他鄕他席又相離。　　人事參差不可知。
明隱樓頭收別淚、　　露陰山下看歸轡。
靑襟東泮追前日、　　白髮南荒惜此時。
天地一家無去住、　　王孫春草謾歸期。

■

* 명은루는 함창에 있고, 노음산은 상주에 있다. (원주)
1) 유장경이 지은 〈표모묘시(漂母墓詩)〉에 "봄풀은 해마다 푸르러지니, 왕
   손이 예전에 놀던 곳일세[春草年年綠、王孫舊此遊。]"라고 하였는데,
   여기서 왕손은 빨래하던 할미가 한신(韓信)을 높여 부른 말이다.《초사》
   〈초은사(招隱士)〉에 "왕손이 노니느라 돌아오지 않으니, 봄풀이 자라서
   무성해졌네[王孫遊兮不歸、春草生兮萋萋。]"라고 하였다.

봉암사에 쓰다
題鳳巖寺

둘러선 벼랑이 겹벽을 이뤄 기이하니
돌개가 의연하게 돌거북을 보고 짖네.
청설루에는 왕자의 액자가 아직도 새롭고
백운대에선 일찍이 한림이 시를 지었네.
산꽃들 모두 없어졌으니 봄 찾기엔 늦었고
비석 글자 희미해졌으니 옛날을 찾아보기에도 늦었네.
날 저물자 주지스님이 보수[1]를 밝히니
삼삼오오 사미승들이 둘러싸고 서 있네.

■
* 청설루에는 비해당(匪懈堂)이 쓴 세 글자 편액이 걸려 있고, 백운대에는
   정허암의 오언율시가 남아 있다. 최고운이 쓴 비석의 글자는 반쯤 뭉개
   져 있었다. (원주)
   비해당은 세종대왕의 셋째 아들인 안평대군 이용(李瑢, 1418-1453)의
   호인데, 글씨를 잘 썼다. 허암(虛菴)은 정희량(鄭希良, 1469-?)의 호이
   다. 고운 최치원이 지은 비문은 경애왕 1년(924)에 세운 지증대사적조
   탑비(보물 138호)의 비문이다.
** 봉암사는 경상북도 문경군 가은면 희양산에 있는 절이다. 신라 헌강왕 5
   년(879)에 지증국사(智證國師) 원오(圓悟)가 창건하였는데, 선풍(禪風)을
   진작시켜 희양산파가 이뤄졌다. 삼층석탑을 비롯한 보물 5점이 있다.
1) 불가에서 진귀한 나무를 가리키는 말인데, 정토(淨土)의 풀과 나무를 보
   수라고 한다.

回崖複壁擁靈奇。　　石犬依然吠石龜。
晴雪更新王子額、　　白雲曾做翰林詩。
山花掃蕩尋春晚、　　碑篆熹微訪古遲。
落日上方明寶樹、　　三三五五遶沙彌。

봉암사 남루에서

鳳巖南樓繼祖話祖云山多海松官收殼數而簿
之令僧守其苦孔殷

바위 틈에서 물이 쏟아지며 한껏 시끄러운데
남루의 장로 스님이 저녁노을 속에서 이야기하네.
잣나무에 깍지가 달리면 숫자 세기에 늘 근심스럽다 보니
벼랑에 벌집이 있어도 감추고 말 않는다네.
최고운의 비단 같은 비문은 비에 젖어 거칠어지고
지증대사의 구슬 같은 사리탑도 바람에 시달려 헐었네.
가련케도 향초의 길이 진흙탕 속에 묻혀지고
티끌 속의 잡초만 육조[1] 문 앞에 더부룩하네.

水射雲根極力喧。　　南樓老宿話黃昏。
海松帶殼愁長數、　　崖蜜留房諱不言。
崔子錦碑荒雨濕、　　智師瓊塔老風掀。
可憐蕙徑終霾敗、　　塵土蓊蓊六祖門。

■

* 원제목이 무척 길다. 〈봉암사 남루에서 계조(繼祖)와 이야기했는데 조
(祖)가 말했다. "산에 잣나무가 많은데, 관가에서 깍지를 거둬 (그 숫자
를) 세어서 기록한다. 중을 시켜서 지키게 하는데, 그 고생이 매우 크
다.")
1) 선가에서 종파가 생기기 전의 여섯 조사(祖師)를 가리킨다. 달마(達磨),
혜가(慧可), 승찬(僧璨), 도신(道信), 홍인(弘忍), 혜능(慧能)이다.

상주에서 충주에 이르다

尙州到忠州

임금의 은혜를 받고도 남음이 있어
온 집안이 낙동강 물고기를 물리도록 먹었네.
공직으로 또한 새 고을 밥을 먹게 되었으니
고향의 맛 채마밭 야채를 잊기 어려워라.
상부의 공문서는 잇달아 날아들고
친구들 소식은 나날이 드물어 가는데,
관아일이 끝나 방에서 머리 빗노라니
오월인데도 서글프게 빗살에 눈이 가득해라.

亦荷君恩寬有餘。　　擧家曾厭洛江魚。
公須又食新州飯、　　鄕味難忘老圃蔬。
上府簡書常遞續、　　故人音耗漸乖踈。
晴齋理髮當衙罷、　　五月蕭蕭雪滿梳。

벗이 편지를 보내 배를 빌려서 한양으로 돌아가겠다고 하기에 시를 지어 답하다

友人投書乞舟歸漢州以詩爲答

1.

오랜 비가 갓 그치고 강물도 잔잔해지자
그대가 한양으로 가려 한다는 소식이 들려왔네.
옷 벗어서 배 빌릴 담보로 보내지 말게나
일엽편주 가벼운 관청배가 아마도 있을걸세.

積雨初收江水平。　　聞君將卜漢中行。
解衣莫遣留舟當、　　應有公船一葉輕。

2.

용이 탐욕스러워 배 엎고 사람의 재물을 빼앗기 좋아해
자주 관가의 배가 떠났다가는 돌아오지를 않네.
혼자서 빈 배에 올라타기를 그대가 좋아하지만
곳곳마다 풍파로 배회한다는 소식 들리겠지.

龍貪好覆利人財。　　往往官艘去不回。
獨上虛舟君所快、　　風波處處聽徘徊。

3.

우리 고장 풍속인 유두가 다가왔으니[1]
가흥창[2] 아래쪽에다 배를 매지 말게나.
〈예성강곡〉을[3] 화답하는 사람은 없고
논다니들이 다투어 〈작약시〉를[4] 노래할 테니.

■

1) 고려 사람들이 6월 보름날 동쪽으로 흐르는 물에서 머리를 감았다. 이
   를 유두(流頭)라고 한다. (원주)
2) 옛날에는 덕흥창이라 불렸고, 또 경원창이라고도 불렸다. (충주목) 가흥
   역 동쪽 2리에 있다. 예전에는 금천 서쪽 언덕에 있었는데 세조 때에 이
   곳으로 옮기고, 경상도 여러 고을과 본주(충주), 음성, 괴산, 청안, 보은,
   단양, 영춘, 제천, 진천, 황간, 영동, 청풍, 연풍, 청산 등 고을의 전세(田
   稅)를 여기서 거두어 배로 서울에 옮기는데, 물길로 260리이다. -《신증
   동국여지승람》권14〈충주목〉
3) 〈예성강곡〉은 고려시대 절부(節婦)의 일을 노래한 것이다. (원주)
   옛날에 하두강(賀頭綱)이란 중국 장사꾼이 있었는데, 바둑을 잘 두었다.
   한번은 예성강에 왔다가 한 아름다운 부인을 보고, 바둑을 두어 빼앗기
   로 하였다. 그래서 그 남편과 바둑을 두면서 일부러 져주고는, 물건을
   갑절로 걸었다. 그 남편이 이를 이롭게 여겨, 자기 아내를 걸었다. 두강
   이 한 판에 따가지고, (그 부인을) 배에다 싣고 떠났다. 그 남편이 뉘우
   치고 한탄하면서 이 노래를 지었는데, 세상에 전한다. 부인이 떠날 때에
   옷차림을 단단히 했으므로, 두강이 겁탈하려고 했지만 실패했다. 배가
   바다 가운데 이르자, 빙빙 돌면서 나아가지를 않았다. 점을 쳐보았더니,
   "정절 지키는 부인이 감응된 것이니, 그 부인을 돌려보내지 않으면 배가
   반드시 파선될 것이다"고 하였다. 뱃사람들이 두려워하면서 두강에게
   권해 돌려보내게 했다. 부인도 역시 노래를 지었으니, 〈예성강곡〉후편
   이 바로 이것이다. -《고려사》권71〈악지(樂志)〉2)
4) 《시경》정풍(鄭風)〈진유(溱洧)〉인데, 여인이 작약꽃을 주면서 남자를

風俗流頭迫此時。　　可興倉下莫停維。
禮成江曲無人和、　　游女爭歌芍藥詩。

4.

신륵사 전탑은 옥 같은 강물에 거꾸로 비칠 테고
청심루 아래는 배 매기에도 좋다네.[5]
지금까지도 "백조창파"의 시구가[6]
시인들 입에 올라 쉬지 않고 읊어진다네.

■
　　강가로 유혹하는 시이다.
　　진수와 유수는 / 넘실거리며 흐르는데, / 남자와 여인이 / 난초를 들고 섰
　　네. / 여인이 "가볼까요" 하자 / 남자 말이 "벌써 갔다왔는데." / "그래도 다
　　시 구경 가봐요. / 유수 너머는 / 정말 재밌고도 즐거울 텐데." / 그 남자와
　　여인은 / 서로 장난치고 히히덕거리다 / 작약을 주고 헤어졌네.
5) 신륵사는 여흥강가에 있고, 청심루에는 포은(정몽주)의 절창이 있다.
　　(원주)
6) 가랑비가 아득히 온 강에 가득 찼는데
　　다락에서 자는 나그네가 밤중에 창을 열어보네.
　　내일 아침 말에 올라 진흙 밟고 갈 때에
　　돌아보면 푸른 물결에 흰 갈매기 쌍쌍이 날겠지.
　　청심루에 걸려 있던 정몽주의 시 가운데 마지막 구절이 "회수창파백조
　　쌍(回首蒼波白鳥雙)"이다.

神勒浮屠倒玉流。　　清心樓下好維舟。

至今白鳥滄波句、　　膾炙騷人口不休。

다시 화답하다
再和

빗소리와 거문고 가락이 이별의 술자리에 목메이고
나그네와 주인은 강가 성에서 술에[1] 잔뜩 취하였네.
동해에 지나가는 기러기가 없다고 말하지 마소
직녀의 까마귀에게라도[2] 편지를 주면 전해줄 테니.

雨聲琴韻咽離筵。　　賓主江城中聖賢。
東海莫言無過鴈、　　織烏猶可附書傳。

■

* 눌재가 일본승 축장(竺蔵)의 시에 차운했는데, 일본 상사 역창(易窓)이
　다시 차운해서 짓자, 눌재가 두 번째 화답하여 이 시를 지었다.
1) 원문의 성현은 청주와 탁주를 가리킨다. 삼국시대 위나라 서막(徐邈)이
　상서령으로 있을 때에 금주령이 내렸는데, 막이 술을 맘껏 마시고 술에
　취하였다. 조조가 그 소문을 듣고 성내자 선우보(鮮于輔)가 변명하길,
　"취객들이 맑은 술을 성인이라 하고, 탁한 술을 현인이라고 합니다"라고
　하였다.
2) 일본과 우리 나라 사이에 있는 동해바다를 은하수에다 견주어, 편지를
　전해 주는 기러기 대신 까마귀를 끌어온 것이다.

청주 초정약수에서 목욕하다
淸州浴椒水

1.

눈을 씻고 몸도 씻고 머리까지 감으니
신령한 샘이 맑고 투명해 어두운 곳 전혀 없네.
물결은 털구멍 뚫고 들어와 질병을 찾아내고
기운은 가슴속 파고들어 시름까지 씻어내네.
이를 닦으면 호초의 매운 기운이 움직이는 걸 알겠고
달이 물 속에 빠지면 이따금 옥 같은 꽃이 떠오르네.
마을 아이들은 당돌하게도 신령한 우물을 욕보여
침 뱉고 떠들며 풀배를 띄우네.

洗眼浴身仍沐頭。	靈泉淸徹更無幽。
波穿毛孔能搜疾、	氣達胸中又盪愁。
漱齒便知椒辣動、	沒蟾時看玉華浮。
村童唐才突凌神井、	來唾呶呶泛芥舟。

2.

세종께서 남쪽을 둘러보시며 거동길이 길었으니
순임금의 겹눈동자가[1] 용우물에 뚜렷이 비쳤네.

■
1) 순임금의 눈동자가 겹이라고 한다. 여기서는 〈훈민정음〉을 창제하느라
　 시달려 눈병에 걸렸던 세종대왕의 눈동자를 가리킨다.

시월달 황음한 임금의 목욕을[2] 바라지 않으셨으니
추풍 같은 진시황의 법을 어찌 배우셨으랴.
물기운에는 지금까지도 대왕의 기운이 통해 있고
호초향기도 영원히 천상의 향기를 지녔네.
비낀 햇살 속에 늙은이 눈물이 주루룩 흘러내려
푸른 산만 보이고 대왕은 보이지 않네.

英廟南巡輦路長。　　　舜瞳龍井照蒼蒼。
不求十月荒君浴、　　　寧學秋風覇帝章。
水氣至今通御氣、　　　椒香終古帶天香。
斜陽老淚霏霏下、　　　只見靑山未見王。

3.

초정의 샘물은 눈만 고치는 게 아니라
목욕의 신령한 효험이 자주 나타나네.
천하 어디에도 없고 우리나라에만 있어
세종께서 일찍이 거동하셔 사방에 알게 되었네.
그 여파 그치지 않아 지금까지도 미치건만
신선 수레는 까마득히 날아 올라가 뒤따를 수가 없네.
병 덕분에 소신이 찾아와 이 우물에 절하니
샘에 가득한 향기로운 물이 요지3)같이 황홀해라.

椒泉不啻眼堪醫。   沐浴神功屢見之。
天下絶無東國有、   世宗曾幸四方知。
餘波袞袞今能及、   仙駕飄飄杳不追。
因病小臣來拜井、   一泓香水怳瑤池。

■
3) 신선들이 사는 곳이다. 주나라 목왕이 서왕모와 만났다고 하는 곳도 요
    지인데, 곤륜산에 있다고 한다.

하서에게 지어 주다

贈河西

숲속에 혼자 사니 찾아오는 사람도 드무네.
세상 바깥에 어찌 시비가 있으랴.
가랑비가 옷을 적셔도 귀찮아 내버려 두고
돌다리 밝은 달빛에 술 취해 부축받으며 돌아오네.

一人林下見來稀。　　　物外何曾有是非。
細雨濕衣慵不理、　　　石橋明月醉扶歸。

■
* (이름은) 김인후(金麟厚, 1510-1560)이고, (자는) 후지(厚之)이다. (원주)

형주를 지나면서

過荊州

춘삼월 형주강에는 봄물이 불어나
복사꽃 서로 비치며 맑은 햇살 속에 나부끼네.
조각배들은 좌우로 다니며 사람을 빠르게 날라주고
장승이 동서에 서 있어 길을 분명히 알려주네.
근력이 이미 쇠약해졌는데도 아직 길에 나다녀야 하고
전원이 장차 황폐해지는데도 다시 벼슬을 하네.
남북 갈림길의 나루터를 묻느라고[1] 머리엔 눈발 깊어졌는데
수풀 아래서 누군가 쉬지 않고 밭을 가네.

■

* (형주는) 문의와 회덕 사이에 있다. (원주)
1) 장저(長沮)와 걸닉(桀溺)이 함께 밭을 가는데, 공자가 그곳을 지나다가 자
로에게 나루가 있는 곳을 묻게 하였다. 그러자 장저가 자로에게 물었다.
"저기 수레에 타고 있는 사람이 누구인가?"
자로가 말했다.
"공구(孔丘)이십니다."
그가 다시 물었다.
"노나라의 그 공자 말인가?"
"그렇습니다."
그러자 그가 말했다.
"그 사람이라면 나루가 어디에 있는지 알고 있을걸세."
-《논어》 제18 〈미자(微子)〉
금강의 나루를 묻는 것인데, 사람이 살아가야 할 올바른 길을 가리킨다.

三月荊江春水生。　桃花相映弄新晴。

小舟左右通人捷、　長楛東西畫壞明。

筋力已衰猶道路、　田園將廢更簪纓。

問津南北頭深雪、　林下何人不輟耕。

병이 나서 춥기에 연산현에 머무르다

病寒留連山縣

황산에 날 저물자 제비도 돌아오고
온 뜰에 향기로운 눈같이 살구꽃이 쌓여 있네.
새로 부임한 현감을 보니 군자감[1]의 동료였는데
도목정사[2]로 내섬시[3]에서 옮겨 왔다네.
봄게는 가을게보다 껍질이 크고
들파도 밭파처럼 속이 찼구나.
병자 입에 쓸데없이 맛있는 반찬만 차려 놓고는
탕약에 무슨 약재를 쓰느냐고 자주 물어 보네.

晼晩黃山燕始回。　　滿庭香雪杏花堆。
新監忽見軍資伴、　　都目曾從內贍來。
春蟹大於秋蟹殼、　　埜葱肥似圃葱胎。
盤餐病口虛兼味、　　飮子時頻問藥材。

■

* 신임 현감 이경렴(李景廉)은 군자감(軍資監) 정(正, 정3품)으로 있을 때
  의 동료였는데, 정월 도목정사(都目政事) 때에 내섬시 주부에서 이곳 현
  감으로 왔다. (원주)
1) 군수품을 저장하고 출납하는 관청이다. 조선 후기에는 녹미(祿米)도 아
   울러 관장했는데, 보통 30만 섬을 저장했다고 한다.
2) 도목정사는 정기적으로 관원들의 승진과 이동을 다루는 제도이다.
3) 여러 궁전에 바치는 물건, 2품 이상의 관원들에게 주는 술, 일본인과 여
   진인에게 주는 식물과 옷감 등을 맡았던 관청이다.

율봉역에서 자다

宿栗峯驛

율봉[1]의 봄비가 밤새도록 시끄러워
나그네 시름을 불러내어 걷잡을 수 없었네.
이튿날 서원성[2] 안을 지나며 보니
매화는 보이지 않고 뜨락 가득 복사꽃일세.

栗峯春雨夜嘈嘈。　　　喚出征愁亂似毛。
明日西原城裏過、　　　梅花不見滿園桃。

■
* 이때 기생들이 맞이하였다. (원주)
1) (율봉역은 청주목) 북쪽 7리에 있으며, 본도에 소속된 16역을 맡아 관리
　　한다. -《신증 동국여지승람》권15 〈청주목〉
2) 청주의 옛이름이 서원경이다.

금구 객관에서 두견새소리를 듣다
金溝館聞杜鵑

1.

두견새가 어디선가 사람같이 우는데
창 밖의 복사꽃은 삼월 한창 봄날일세.
오늘 밤 객사에서 끝없이 눈물 흘리고 보니
지난해 한식날에도 수건 거의 적셨었네.

杜鵑何處哭如人。　　　窓外桃花三月春。
今夜旅軒無限淚、　　　去年寒食幾沾巾。

2.

봄바람에 피를 토하며 마음껏 울어대네.
길 가는 사람 위해서 조금도 소리 죽이질 않네.
삼만 리 밖 파촉의 고궁에는[1]
지금까지도 원한이 남아 풀만 우거졌겠지.

東風嘔血盡情啼。　　　不爲行人少得低。
巴蜀故宮三萬里、　　　至今遺怨草萋萋。

■
1) 두견새의 원래 이름은 견(鵑)이다. 옛날에 임금 자리에서 억울하게 쫓겨
　나 죽은 촉나라 임금 두우(杜宇)의 혼이 화해서 이 새가 되었다는 전설
　이 있어, 두견새라고 부르게 되었다.

급제하여 남쪽으로 돌아가는 친구 전헌 징지를 송별하다

送別友人全獻徵之及第南歸

나무 끝 아침 햇살이 동쪽 담장에 오르자
남쪽 대청에 잔치를 베풀고 송별의 술잔을 드네.
같이 배우던 소년 시절엔 수염도 나지 않았는데
늙어가며 다시 만나니 귀밑머리에 서리 내렸네.
계수나무를 가볍게 여겨 늦게 꽃핀 것이[1] 한스럽지만
어버이 무덤에 영광이 크니 땅 속에서도 기뻐 뛰느라 바쁘시겠네.
관가의 준마를 빌려줄 테니 고갯길 넘어가게나
가을바람이 귀 뒤를 끝없이 스쳐갈 테지.

樹頭朝旭上東墻。	筵敞南廳舉別觴。
同學少年髭未茁、	再逢衰境鬢俱霜。
恨輕一桂敷華晚、	榮重雙墳踊地忙。
官駿借君逾嶺路、	西風耳後不禁長。

---

* 징지는 전헌의 자이다.
1) 과거 급제를 뜻한다.

반가운 비

喜雨時祈雨香祝適至不果行卽封還

적룡이 비를 뿌리며 구름을 끼고 뽐내니
오월 강마을에선 나그네들이 진흙썰매를 손질하네.
남쪽 밭에는 새싹이 자라 무릎을 덮게 되었고
앞여울엔 물이 불어 허리까지 올라오네.
은나라 가뭄이[1] 잠깐 사이에 임금의 시름을 덜게 해주고
마침내 주나라 풍년이 온 들판을 노래로 떠들썩하게 하였네.
헛되이 예관을[2] 시켜 비 오기를 빌게 하였지만
향축을 돌려보내 푸른 하늘에 오르게 했네.

赤龍行雨挾雲驕。　　五月江城客理橇。
南畝長苗將沒膝、　　前灘生水忽齊腰。
須臾商旱寬君悶、　　畢竟周年閙野謠。
虛使禮官曾有請、　　却還香祝上靑霄。

■
* 원제목이 길다. 〈비가 와서 반가워하다. 이때 기우제에 쓸 향축이 마침
　왔지만, 기우제를 지내지 않게 되었다. 그래서 곧 봉해서 돌려보냈다.〉
1) 원문의 상(商)은 은(殷)나라인데, 7년 동안 가뭄이 들었다. 탕왕이 상림
　(桑林)에서 몸소 기도하자, 사방에서 구름이 몰려와 비를 내렸다.
2) 기우제를 예조에서 주관하였다.

이 시를 부쳐 벗에게 답하다

寄答友人在金生江作

1.

강가에서 그대를 기다려도 그대가 오지를 않아
해는 기울어 가는데 누구에게 회포를 풀어야 하랴.
배를 옮겨 서쪽으로 내려가니 탄금대가[1] 가까워져
우륵 신선에게[2] 멀리서 절하고 술 한잔을 따르네.

江上望君君不來。　　　　　好懷斜日向誰開。
移船西下琴臺近、　　　　　遙拜于仙酹一杯。

∎

* 제목에 "금생강에서 지었다[在金生江作]"는 글씨가 제목과 같은 크기로
　붙어 있지만, 주(註)인 듯하다.
1) 견문산에 있다. 푸른 벽이 가파르게 20여 길이나 되고, 그 위에 소나무
　와 참나무가 울창하게 양진명소(楊津溟所)에 임하였다. 우륵이 가야금
　을 타던 곳인데, 뒷사람들이 이곳을 탄금대라고 하였다. -《신증 동국여
　지승람》권14〈충주목〉
2) 우륵(于勒)은 가야국 사람이다. (원주)

이함창 부인 안씨 만사

李咸昌夫人安氏挽

1.

광주 이씨가 하동에서 여덟 배씨를[1] 누르고

함창[2]도 강개한 인물인데다 뛰어난 재주를 지녔네.

부인이 본래 참군의 적수인데다[3]

기린아를 많이 길러내 세상을 상서롭게 하였네.

廣李河東壓八裵。　　　咸昌慷慨有英才。

夫人自是參軍敵、　　　蕃育麒麟瑞世胎。

■

1) 진(晉)나라 정시(正始) 연간에 사람들이 인물을 논하면서 팔배(八裵)를 팔왕(八王)에 비하였다. 배휘(裵徽)는 왕상에, 배해(裵楷)는 왕연에, 배강(裵康)은 왕수에, 배작(裵綽)은 왕징에, 배찬(裵瓚)은 왕돈에, 배하(裵遐)는 왕도에, 배외(裵頠)는 왕융에, 배막(裵邈)은 왕현에 비하였다. -《세설신어(世說新語)》〈품조(品藻)〉

당나라 배관(裵寬)의 팔형제도 모두 학문에 뛰어나고 높은 벼슬을 하여 팔배(八裵)라고 불렸다.

2) 사람 이름 대신에 관직을 부르는 예가 있었다. 여기서는 안씨의 남편 이씨가 함창 현감을 지냈다는 뜻이다.

3) 당나라 시인 두보가 〈춘일억이백(春日憶李白)〉에서 "유개부처럼 청신하였고, 포참군처럼 준일하였지[淸新庾開府、俊逸鮑參軍。]"라고 하였다. 개부는 유신의 벼슬이고, 참군은 포조의 벼슬이다. 두보는 이백을 그들에게 비하며 그리워했는데, 이 시에서는 안씨가 포참군처럼 준일하다는 뜻이다.

2.

영화가 미처 끝나기도 전에 재앙이 잇달았으니
지난 겨울 평해에 몇 층이나 눈이 쌓였던가.[4]
생이별 지극한 정이 모자간에 뒤얽혀
어지럽고 놀란 마음으로 꺼져 가는 등불만 바라보았네.

榮華未卒禍相仍。　　　平海前冬雪幾層。
生別至情鍾母子、　　　亂心驚緖嚮衰燈。

3.

두 아들이 국원성[5]에서 야위고 있지만
평해에 비하면 덜 한스러워라.
조석으로 배를 사서 봉양하려 했는데
뜻밖에 강 어구에서 명정을 드리게 되었네.[6]

二郞枯槁國原城。　　　若比平州恨亦輕。
朝夕貨舟將就養、　　　不圖江口納銘旌。

■
4) 아들이 강원도 평해군으로 유배되었던 듯하다.
5) 충주의 옛이름이다.
6) 안씨 부인의 상여를 만났다는 뜻이다.

술자리에서 늙은 내시에게 지어 주다
席上贈老宦關東能唱歌

늙은 내시가 술잔 앞에서 이름을 바치고는
선릉¹⁾의 옛일들을 또렷이 이야기하네.
머뭇거리며 술잔 돌리는데 몸은 강건해
관동의 으뜸가는 목소리로 다시 노래를 부르네.

老宦尊前納姓名。　宣陵往事話分明。
逡巡行酒身强健、　更唱關東第一聲。

■

* 제목에 "관동 사람으로 노래를 잘하였다"는 말이 더 붙어 있다.
1) 성종과 계비 정현왕후의 능호이다. 서울 지하철 2호선 선릉역에서 5분
　정도 떨어진 거리에 있다. 이들의 아들인 중종을 모신 정릉과 합해서 흔
　히 선정릉이라고 부르는데, 사적 제199호로 지정되어 있다. 임금의 이
　름 대신에 흔히 능호를 부르기도 하였다.

황헌지에게 부쳐서 주다

寄贈黃獻之

1.

사람들이 말하길, 검주의 황별가가[1)]
평생 가난하게 살면서 시 잘하는 사람에 끼었는데,
후세에 태어나 금산자[2)]가 되었으니
한줄기 강서시파를[3)] 바다 구석에 끌어들였다네.

人說黔州黃別駕、　　　平生窮苦坐能詩。
後身且做金山子、　　　一派江西導海陲。

2.

일찍이 백악산 서쪽에 눈이 내렸을 적에
옥 같은 눈을 헤치며 노옹을 찾아갔었지.
지난해 편지를 부친 이씨 성 가진 사람은
지금쯤 어디에서 마른 종려의 시를[4)] 읊고 있으려나.

■

1) 송나라 시인 황정견(黃庭堅)이 사천성 부주(涪州) 별가로 좌천되었는데,
　부주를 검주라고도 하였다.
2) 헌지는 황여헌(黃汝獻)의 자인데, 한때 경상도 금산에 유배되었다. 금산
　자는 그를 가리킨다.
3) 황정견이 강서 분녕(分寧)에 적을 두었으므로, 그를 따르는 시인들을 강
　서시파라고 하였다. 이들의 기미(氣味)와 풍격(風格)은 소동파의 시에
　연원을 두고 있다. 〈강서시사종파도(江西詩社宗派圖)〉에 시인 25명의
　이름이 실려 있는데, 황정견이 종조(宗祖)이고, 진사도(陳師道)가 그 다
　음이다. 이 강서파의 시가 조선 전기에 유행하였다.

曾於白岳山西雪、　　　　躑破瓊瑤訪老翁。
去歲附書人姓李、　　　　祗今何處詠枯椶。

3.

군사를 내어 적을 쳐서 한나라 왕실에 충성을 바쳤고[5]
전원으로 돌아가서도 진나라 왕실 받드는 마음을 내내 지
녔네.[6]
두 분이 길을 달리했다고 보지 말고서
〈형가〉와 〈술주〉를 자세히 살펴보게나.[7]

出師討賊忠輸漢、　　　　歸去長存晉室心。
莫把二公殊轍看、　　　　荊軻述酒細推尋。

■

4) 내 신세가 마른 종려나무와 같아,
　　나로 하여금 오래 탄식케 하네.
　　有同枯椶樹、　　使我沈嘆久。
　　- 두보 〈고종(枯椶)〉
5) 촉한(蜀漢)의 군사였던 제갈량(諸葛亮)이 〈출사표(出師表)〉를 짓고 출전
　　했던 이야기이다.
6) 〈귀거래사〉를 지은 진나라 시인 도연명의 이야기이다.
7) 멀리서 《도연명집》을 보내 주었기에 이렇게 말하였다. (원주)
　　진시황을 살해하려던 자객 형가의 시를 읊은 〈형가〉, 폭력이 충신과 나
　　라를 어지럽히는 것을 개탄한 〈술주〉, 이 두 편의 시는 모두 도연명의
　　문집에 실려 있다.

사옹원 분원 직장 권행과 헤어지다

別分司饔權直長行余爲軍資正時同僚

2.

검소한 생활 숭상하는 임금의 가법이 철저해
자기 그릇을 쓰고 금은을 물리쳤네.
희고도 찰진 충주의 흙을 해마다 캐내고
불힘이 좋아 가을마다 광령의 장작을 때네.
몸은 금중의 분내원에서[1] 나와
일은 강 밖에서 도공들을 거느리고 하네.
초서는 공손대랑의 검무체를 전수받고[2]
도공의 집안 법도는 질그릇 바퀴에 달려 있네.[3]

崇儉君王家法純。　　用須瓷器斥金銀。
白黏歲掘中原土、　　材美秋燒廣嶺薪。
身出禁中分內院、　　事專江表領工人。
草書傳得公孫劍、　　陶世規摸在彼勻。

■
* 제목에 "내가 군자감 정이었을 때에 동료였다"는 구절이 더 있다.
1) 사옹원은 궁중의 음식을 맡아보던 관청인데, 그릇을 만들던 분원이 따로 있었다. 직장은 종7품 벼슬인데, 정원이 2명이었다.
2) 당나라 현종 때에 교방기생 공손대랑(公孫大娘)이 검기무(劍器舞)와 혼태무(混脫舞)를 잘 추었다. 《명황잡록(明皇雜錄)》에는 스님 회소(懷素)가 그 춤을 보고 초서 솜씨가 늘었다고 했으며, 두보의 시에는 장욱(張旭)이 그 춤을 보고서 초서 솜씨가 크게 늘었다고 하였다.
3) 균(勻)자는 균(鈞)으로 읽는다. (원주)

생원 최언실에게 이 시를 지어 주며 배웅하다

贈送崔生員彦湜

1.

타향에서 고향 사람을 만난데다

꽃까지 활짝 핀 춘삼월이건만,

병 때문에 술잔 엎어놓은 지 이미 오래 되어

풍악으로 반가운 손님을 즐겁게 해주지 못하네.

他鄕見此故鄕人。　　　況値花深三月春。

因病覆杯今已久、　　　不將鍾鼓樂嘉賓。

2.

내 들으니 꽃다운 사람을 찾아 안동에 가서[1]

영호루 밝은 달밤에 〈죽지가〉[2]를 부르셨다지.

풍정이 유사복을 경도시켰으니

술 취한 월나라 미인이[3] 웃었다고 탓하지 말게나.

聞說尋芳遊永嘉。　　　暎湖明月竹枝歌。

風情亦倒劉師服、　　　一笑休嫌醉越娥。

■

1) 안동에 그가 사랑하는 여인이 있었다. (원주)

2) 지방 민속을 다룬 노래인데, 남녀간의 사랑 이야기가 많이 섞여 있다. 〈외국죽지사〉도 있다.

3) 월나라에 미인이 많았는데, 오나라를 망하게 한 서시(西施)가 가장 이름 났다. 여기서는 최생원이 좋아하던 여인을 가리킨다.

3.

예산[4]의 글이 대단치 않다고 말하지 마소
생원의 이름 아래서 힘없이 시달릴 뿐이라오.
붉은 종이에 이름 쓰는 거야[5] 심상한 일이니
모름지기 연연산에 올라가 비문을 다시 새기시게.[6]

不謂猊山文獻枝。　　　生員銜下苦陵遲。
題名紅紙尋常事、　　　須上燕然再勒碑。

■

4) 《졸고천백(拙藁千百)》이라는 문집을 남긴 고려시대 문장가 최해(崔瀣,
   1287-1340)의 호인데, 경주 최씨이다. 아마도 최생원이 그의 후손인 듯
   하다.
5) 문과에 급제하면 붉은 종이에 이름을 써서 주었는데, 이것이 홍패(紅牌)
   이다.
6) 연연산은 흉노땅에 있는데, 한나라 때에 두헌(竇憲)이 흉노를 치고 연연
   산에 올라가 그 공적을 비석에 새겼다. 이 비문은 반고(班固)가 지었는
   데, 《문선》 권56에 실려 있다.

6.

내섬시의 선생께서는 안녕하신지
그대 편에 관주병에다 소주를 보내네.
형조의 자순과 홍문관의 아우는
때때로 아들놈과[7] 서울에서 만나겠지.[8]

內贍先生安穩無。　　　　憑君燒酒寄官壺。
秋曹子順西淸弟、　　　　時與童烏會上都。

■

7) 동오(童烏)는 양웅(揚雄)의 아들인데, 아버지와 현묘한 도에 대하여 논
　할 정도로 똑똑했다. 그러나 아홉살에 요절하였다. 그 뒤부터 '동오'가
　아들이라는 뜻으로도 쓰였다.

8) 이때 박자용(朴子容) 선생이 내섬시 정으로 있었는데, 풍증이 있어 소주
　를 구했다. 자순은 형조에 있었고, 창방(昌邦) 아우는 홍문관 교리였다.
　아들 진사 민중(敏中)은 과거시험을 보러 서울에 가 있었다. (원주)

아들 생일에 짓다
癸未四月八日敏齊生日有感

서쪽 나라 부처 생일에 너는 동쪽 나라에 태어났지.
네 어미가 애쓴 것이 옆구리로 태어난 것과[1] 같았지.
너 자라난 지금 네 어미는 보이지 않아
늙은이의 시든 눈물을 슬픈 바람에 흩뿌린다.

西仙生日汝生東。　　　爾母劬勞誕脇同。
長大祇今偏不見、　　　暮年衰淚灑悲風。

■
* 원제목이 길다. 〈계미년(1523) 4월 8일 (아들) 민제의 생일에 느낌이 있어 짓다.〉
1) 부처가 옆구리에서 태어났다고 한다.

122

정 진사가 내 아들 민중과 함께
속리산에 들어가 책을 읽다

丁進士與子敏中入俗離山讀書

내일이면 아들과 함께 산으로 들어간다는데
속리산은 흰 구름 사이에 깎은 듯 높이 솟아 있네.
공부를 모름지기 배질하는 것처럼 보아야 하니
나아갈 때엔 높이 올라가는 듯, 물러날 때엔 둥글게 돌아
야 하네.

明日童烏同入山。　　俗離高截白雲間。
須將爲學看舟子、　　進似緣高退轉圜。

진사 허분이 감사를 찾아보고 사창의 민가에서 자다가 도둑에게 말을 잃어 버렸기에 시를 지어 위로하다

許進士奮謁監司宿社倉民家失馬於偸兒作詩慰之

천리마가 어찌 양상군자의 집으로 돌아가려고 하랴
아마도 세상을 피해 영하[1]로 들어갔겠지.
무릉[2]은 적막해서 가을풀만 거친데
천고에 부질없이 〈천마가〉가 전해지네.

神駿肯歸梁上家。　　　定應逃世入滎河。
茂陵寂寞荒秋草、　　　千古空傳天馬歌。

■
1) 중국 산서성에 있는 현인데, 황하 동쪽 언덕이다. 복희씨(또는 요임금)
   때에 용마(龍馬)가 등에 팔괘를 지고 나타났다.
2) 한나라 무제의 능이다. 무제 때에 대완국에서 한혈마(汗血馬)가 중국에
   들어오자, 〈천마가〉를 지어 악부에서 노래하였다.

진천 정 현감에게 장난삼아 써 보내
허분을 풀어 달라고 청하다
戲簡鄭鎭川乞釋許奮

절름발이 양양 사람은 반편인데다
애꾸눈 강동 사람도 온전한 몸은 아닐세.
못난 허가를 따져서 무엇하려나
외눈으로 보는 게 어설퍼 달로 본 것일 테지.

躄者襄陽且半人。　　江東一目未全身。
區區許子何須數、　　隻見眞踈看月輪。

정한원에게 지어 주다
贈鄭翰院酒禁犯妓樂會罷歸

1.

위나라 군주도 서경산을 용서해 주었는데[1]
밝으신 임금께서 어찌 성현 사이에서 다급하시랴.
누룩이 국법에 저촉되는 것은 아랑곳없이
바람에 불린 꽃잎들이 술 취한 얼굴에 떨어지네.

魏主尙寬徐景山。　　　明王胡急聖賢間。
不關麴蘗干邦憲、　　　無賴風花落醉顔。

■

* 제목이 더 붙어 있다. "금주령이 내렸는데 기악(妓樂)의 죄를 범해, 파직
하고 고향으로 돌아가게 되었다."
1) 경산은 삼국시대 위나라 상서령이었던 서막(徐邈)의 자이다. 서막이 술
을 마신 이야기는 97쪽 〈다시 화답하다〉 주1에 실려 있다.

제목없이 짓다
無題

나라 것을 내 밭으로 삼아 한 집안을 먹여 살리니
성은이 바다 같아서 끝없이 넓어라.[1]
삼 년 동안 다스리면서 무슨 일을 했나
만인의 눈이 모두들 성내며 나무라는 것 같아라.
병가를 내었건만 다들 벼슬 내놓기를 늦춘다 의심하니
길 잘못 들어 수레를 늦게 돌린다고 후회했네.
배가 흔들리며 가벼운 바람에 불려가니
팽택의 맑은 바람이 어찌 좋지 않으랴.[2]

官作私田養一家。　　　聖恩如海浩無涯。
三年報政何功效、　　　萬目叢嗔幾譴訶。
告病共疑遲解綬、　　　行迷曾悔緩回車。
舟搖搖以輕颺去、　　　彭澤清風豈不嘉。

■
1) "여해호무애(如海浩無涯)"가 유집(遺集)에는 "진개해무애(眞箇海無涯)"
로 되어 있다. (원주)
2) "기불가(豈不嘉)"가 유집에는 "앙불마(仰不磨)"로 되어 있다. "팽택의 맑
은 바람을 우러러보아도 닳지가 않네"라는 뜻이다. (원주)

석천의 시에 삼가 화답하다
奉和石川

1.
거문고 안고서 해를 불러내려고
동각에서 상성으로 연주하네.
하늘에 귀가 없다고 말하지 말게나.
밝은 햇빛이 환하게 살아나네.

抱琴招日出、　　　東閣奏商聲。
莫說天無耳、　　　昭陽杲杲生。

2.
오랜 비에 손님이 어찌나 적은지
꾀꼬리 울음 소리만 서너 마디 남았네.
추녀 끝에 기대어 혼자서 술잔을 드니
만사에 계획 서툰 것을 알 만하구나.

久雨客何少、　　　殘鶯三四聲。
憑軒成獨酌、　　　萬事計知生。

석천에게

投石川文右

이제 이 늙은이가 시상[1]으로 돌아가
북창가에 높직이 누워 가을철 쑥대 신세를 끊어 버렸네.
맑은 바람의 세계는 삼황 이전이고
막걸리 생애가 다섯 그루 버드나무[2] 안에 펼쳐졌네.
거문고가 하나 있지만 줄은 처음부터 없었고
눈은 천고에 비었으니 아무런 일도 없었네.
창자가 주렸다 한들 단공의 고기를 받으랴[3]
밝디 밝은 붉은 마음이 환한 해와 같아라.

歸去柴桑今是翁。　　北窓高臥謝秋蓬。
淸風世界三皇上、　　濁酒生涯五柳中。
琴有一張絃未有、　　眼空千古事曾空。
飢腸肯受檀公肉、　　耿耿丹心白日同。

■
1) 산서성 구강현 서남쪽에 있는 산 이름인데, 도연명이 이곳에 살았다.
2) 오류선생은 도연명의 호인데, 스스로 〈오류선생전〉을 지었다. 이 시에
　나오는 구절들은 도연명의 생애에서 따왔다.
3) 도연명이 은퇴하여 굶주리고 병들자 강주자사(江州刺史) 단도제(檀道
　濟)가 그에게 찾아와 고기를 선물하였는데, 그때 62세였던 도연명이 거
　절하였다. 도연명은 그 이듬해 세상을 떠났다.

첩박명
妾薄命奉寄靈川求和

다시 청아한 시를 받아보니 그 말과 뜻이 다 알맞아, 세상에서 얻기가 어려운 글입니다. 저는 공무를 보느라 오랫동안 이 일에 손 대지 않아, 비록 해보려 해도 초라한 피리를 부는 것 같아, 메마르고 축축해서 소리가 나지를 않습니다. 게다가 지난날 균정과 족하가 가까이 와서 짓눌러, 이미 양념을 다 찧어 놓지 않았습니까. 이제 다시 맷돌말이 억지로 제자리를 돌려니, 어찌 신기한 글을 지어낼 수가 있겠습니까. 따로 〈첩박명〉을 제목으로 내걸어 놓으신 시운을 갚아드리면서, 아울러 제 마음을 담으려고 합니다.

1.
벽 하나 사이에 있는 방이건만 님께서 아니 오시니
티끌과 바람만 아득하여라.
옛일은 구름처럼 가볍게 흩어져 버려
새 여인과 자리 펴고 즐거움 나누시네.
고운 얼굴에만 총애가 치우쳐
난초와 사향도 저절로 향기가 없어졌네.
꺼져 가는 등불 그림자를 혼자서 벗 삼으려니
가을밤이 끝없이 길기만 해라.

---

* 〈첩박명〉은 악부의 잡곡 가사 가운데 하나인데, 미인박명을 슬프게 탄식한 노래이다. 눌재가 이 제목을 써서 자신의 신세를 탄식한 것이다.

壁房君不御、　　塵氣兩茫茫。
故事雲輕散、　　新懽席密張。
蛾眉偏有寵、　　蘭麝自無香。
獨伴殘燈影、　　曼曼秋夜長。

2.

아름다운 얼굴에 시름도 많은 법이니
팔자가 기박하다고 괴이히 여기지 말아야지.
한나라 궁궐의 〈장문부〉와[1]
경노의 〈역주시〉를
한번 읊고 한번 눈물 흘린 뒤
다시 읽고 다시 슬퍼하네.
지는 해 속에 어두운 하늘을 보니
뜬구름이 경박하게 만든 것일세.

■

1) (한나라) 효무황제의 진황후가 당시 은총을 입다가 질투를 받아, 따로
  장문궁에 있게 되었다. 시름과 번민 속에 슬피 지내다가 촉군 성도의 사
  마상여(司馬相如)가 천하에서 가장 글을 잘 짓는다는 말을 듣고서, 황금
  백 근을 바치고 상여와 문군을 위해 술을 보내며, 슬픔과 시름을 풀어줄
  글을 구하였다. 상여가 이 글을 지어 임금을 깨우치자, 진황후가 다시
  은총을 입었다. - 사마상여《문선》〈장문부〉서

紅顔多失意、　　莫怪命零奇。

漢闕長門賦、　　瓊奴驛柱詩。

一吟一番淚、　　再讀再回悲。

落日視天暝、　　浮雲輕薄爲。

3.

임금을 섬기면서 어찌 두 마음을 가지랴

밤길을 가면서 작은 별을 쳐다보네.[2]

병 나서 상처가 커졌건만

젊음이 남아 있어 귀밑머리는 검푸르네.

황폐한 뜨락에 서풍이 불어들고

텅 빈 층계에 밤비가 떨어지는데,

피리와 쇠북 소리 시끄러운 곳에서

괴로워하며 나이를 안타깝게 여기네.

■

2) 《시경》 소남 〈소성(小星)〉에서 따온 구절인데, 낮은 관리가 일 많은 자
신의 신세를 한탄하는 시이다. 투기심 없는 부인의 행동이 천한 첩들에
게 은혜를 끼쳐, 임금의 잠자리를 모시는 것도 자신의 귀천에 따른 분수
임을 알았다는 해석도 있다.

事主心何貳、　　　宵征仰小星。
病生瘡痏大、　　　春在鬢顚靑。
廢院西風入、　　　空堦夜雨零。
笙鍾喧有地、　　　辛苦惜年齡。

5.

첩의 마음이야 밝은 해 같지만
정숙한 햇볕을 펼 길이 없네.
옷 벗기 어려워 빨지도 못하고
날갯죽지가 없어 날아갈 수도 없네.
가락에 맞춘 노랫소리가 별전에서 들려오지만
밤새도록 썰렁한 내전에 앉아 있었네.
훤초3)가 어디 쓸데있다고
빈 뜨락에 제멋대로 무성히 자랐네.

■
3) 망우초(忘憂草)라고도 하는데, 여인들이 안마당에 심고 바라보면서 시
름을 잊었다고 한다. 훤초의 어린 싹을 나물로 만들어 먹으면 취한 느낌
이 들어 시름을 잊었다고도 한다. 그래서 부인이 사는 안마당에 훤초를
많이 심었으며, 남의 어머니를 훤당(萱堂)이라고도 불렀다.

妾心如皎日、　　無路布貞暉。
匪澣衣難脫、　　無翎腋可飛。
按歌聞別殿、　　終夜坐寒闈。
萱草將何用、　　空庭謾自菲。

진원 동헌의 시에 차운하다

次珎原東軒韻

아침저녁으로 흰 구름이 처마에 많이 머물고
대밭 너머에는 누런 초가집이 여덟아홉 채 있네.
고즈넉이 사람도 없으니 멧새가 내려와
벌레 물고 오동나무[1] 위로 날아 올라가네.

宿簷朝暮白雲多。　　竹外黃茅八九家。
庭寂無人山鳥下、　　含蟲飛上刺桐花。

■
1) 원문의 자동(刺桐)은 가시가 있는 오동나무이다.

수지의 시에 화운하다

和綏之韻

흰칠하게 뛰어난 풍채가 어둠 속에서도 기억나
봄이 오자 그대 생각이 더 깊어졌네.
비단 봉함을 급히 뜯자 내 눈을 놀라게 해
구슬 같은 구절들 읊다보니 어느새 풍증이 가시네.
천 수 짓도록 값없는 붓을 잡고
한잔 술로 애오라지 불평스런 가슴속을 풀어 버리네.
구구한 세상 사람들이야 따져서 무엇하랴
먼 하늘에 날아가는 기러기를 눈으로 보내네.

落落英標記暗中。　　春來我思十分濃。
錦緘急拆才驚眼、　　瓊句沈吟忽愈風。
千首謾持無價筆、　　一杯聊散不平胸。
區區世上人何數、　　目送飛鴻點遠空。

헤어지는 술자리에서 즉흥시를 읊다
別席卽事

작은 장막을 시냇가에 넓게 쳐놓고
동료 관원이 영남 가는 나를 배웅하네.
부엌 연기는 겨우 한번 일어났는데
안주는 어느새 세 번이나 들어오네.
숲이 어두워지고 날도 저물어 가자
날씨가 차가워져 말도 울지 않네.
한밤중 안부역1)에 들어가면
초승달이 초경에 비치겠지.

小�臨溪敞、   同官餞嶺征。
廚烟纔一起、   盤味忽三行。
林暝天將夕、   天寒馬不鳴。
夜投安阜驛、   新月照初更。

■
1) 안부역(安阜驛)은 없다. 아마도 충청도 연풍현 북쪽 28리에 있던 안부역
　(安富驛)인 듯하다.

문경 남쪽 삼십 리에 있는 옛성을 지나다
過古城在聞慶南卅里

한 조각 산성이 길을 누르고 섰는데
여우가 대낮에 등나무 뿌리를 베고 누웠네.
싸리나무와 개암나무 숲에선 도깨비불이 흩날리고
비바람 속에 때때로 싸우다 죽은 혼이 우네.
승패야 병가에 늘 있는 일이니 따져서 무엇하랴만
세상의 흥망은 자못 따져볼 만해라.
앞강에 쏟은 장군의 피는 다 흘러가 버렸지만
아직도 차가운 소리를 내며 묵은 억울함을 하소연하네.

一片山城壓道存。　　狐狸白晝臥藤根。
荊榛往往飛秋燐、　　風雨時時哭戰魂。
勝敗兵家何足筭、　　興亡宇內叵堪論。
前江流盡將軍血、　　猶帶寒聲訴舊寃。

일선의 시를 갚아드리다
酬一禪韻

칠 척 몸이 티끌 세상에서 더럽혀지는 것을 견디지 못해
훨훨 신마 타고 구름 속으로 가셨네.
닭벌레의 득실이야 따져서 무엇하랴
열자의 바람 빌려 타기를 원하네.

七尺不堪塵土涴、　　翩翩神馬向雲中。
雞蟲得失何須數、　　願借泠然御寇風。

상림역장의 집에서 묵다

宿上林驛長家

뽕나무 아래 소나무 울타리 두른 상림역장 집에서
찻상을 차려 놓고 두 잔이나 선주의 차를 마셨네.
두어 간 부서진 집은 비바람에 겨우 남고
삼 면이 무너진 담은 갈대에 뒤덮였네.
앞뒤의 역장들이 마정에 소홀해서
공사 길손들이 연기나는 움막에 묵네.
주인 늙은이가 이 이야기 하느라고 밤이 깊어지자
창밖 초가 처마엔 달빛이 가득해라.

桑下松籬上長家。　　官盤再飲善州茶。
數間破館餘風雨、　　三板頹墙沒葦葭。
前後驛司踈馬政、　　公私行客宿烟窩。
主翁話此宵將半、　　窓外茅簷滿月華。

* 상림역은 경상도 선산도호부 해평현에 있었는데, 선산부에서 54리 떨어져 있었다.

비 오기를 빌다

祈雨

올해 큰 가뭄이 들어 경인년 같으니
불기운이 활활 해바퀴를 태우네.
강에는 물이 말라 말의 배가 젖지 않고
길에는 먼지가 날려 사람 머리가 묻히겠네.
서울엔 우물이 말라 물 한 동이가 베 한 필이고
시골 시장엔 쌀이 귀해 한 말 값이 돈 열 꿰미일세.
향과 폐백과 기우책을 절하고 받아
소나무 아래 사당에서 날 잡아 밝은 신에게 간절히 비네.

今年大旱似庚寅。　　火氣炎炎爇日輪。
馬腹不濡江檣水、　　人頭將沒路揚塵。
京城井竭盆全帛、　　野市粳稀斗十緡。
香幣拜承祈雨冊、　　松祠涓吉款明神。

꿈을 적다

記夢

을유년(1525) 6월 12일에 나는 부임 명령을 받고 우춘현에 묵었는데, 꿈 속에서 죽은 아내 유숙인(柳淑人)을 만났다. 생시와 똑같이 여러 가지 이야기를 하다가, "첩 아무개는 버리셔야 합니다. 당신 집안을 망칠 자는 반드시 이 사람입니다"라고 말하였다. 깨어나서 그 이야기를 적고, 그 이야기를 빌어 절구를 지었다.

혼이 마주쳐 함께 살던 사람을 우연히 만났는데
손꼽아 보니 유명을 달리한 지가 이십 년이나 되었네.
집안 망칠 여우굴 있는 곳을 말해 주면서
때 놓치지 말고 불 피워서 거친 들판으로 쫓아내라네.

魂交邂逅與齊人。　　　屈指幽明二十春。
見說敗家狐穴地、　　　及時燻火逐荒榛。

---

* 을유년(1525) 겨울에 눌재가 사도시 부정에 임명되었다. 충주 목사를
그만두고 서울로 올라오는 길에 충청도 영춘현에서 자다가 이 꿈을 꾼
것 같다. 우춘은 영춘의 옛이름이다.

제천 동헌에서 입으로 읊다
堤川東軒口號

굽은 길 뚫고 나가려니 높아졌다가 낮아지는데
이따금 누런 곰이 나무에 기대어 있네.
산꿩은 새끼들 데리고 뒷밭에서 놀고
굴 속의 사향노루¹⁾는 어미를 따라 앞시내를 건너네.
주인이 늦게 일어나도 가져오는 문서가 없어
관인은 늘 봉해진 채로 푸른 녹까지 슬었네.
아전들은 손님 맞기에 익숙치 않아 내가 오자 놀라서
뜨락에 모이느라 허둥대며 동서를 분간치 못하네.

行穿詰曲路高低。　　　往往黃熊有樹棲。
山雉將雛遊後圃、　　　洞麝隨母度前溪。
主人晏起無鈴牒、　　　官印長封帶綠泥。
吏不慣賓驚我至、　　　庭參顚倒失東西。

■
1) 사(麝)자는 미(麛)자인 듯하다. (원주)
　사향노루나 사슴새끼나 시에 있어서 큰 차이는 없다.

한양성 서쪽에서 물이 불어난 것을 보다 36운

城西觀水漲三十六韻

황제 15년[1]
칠월 초이렛날.
온 누리가 느닷없이 구름에 한데 뒤덮여
황도의 밑바탕을[2] 어둡게 했네.
우르릉 남산에 천둥이 치고
빗발 굵기가 서까래 같네.
집을 치니 기왓장이 저절로 터지고
땅에 (떨어지니)[3] 돌이 뚫릴 듯하네.
커다란 바다를 휘말아다가
거꾸로 부어대고 그치지 않는 듯해라.
캄캄하게 태양을 가려
음산한 기운이 가득 뒤덮였네.
오늘 아침에야 갑자기 조금 개어서
비로소 햇볕을[4] 보게 되었네.

■

* 1520년 7월에 큰 홍수가 났다. 눌재도 가을에 행재어사(行災御史)에 임
   명되어 호남의 수재를 살피며 돌아다녔다.
1) 1520년(경진)은 성종 15년인 동시에, 명나라 무종 정덕 15년이기도 하다.
2) 황도는 해가 지나가는 길이니, 그 밑바탕[質]은 땅이다.
3) 문집에 지(地)자 위가 결(缺)자로 되어 있다. 문맥상 락(落)자인 듯하다.
4) 희화(羲和)는 태양을 모는 사람이니, 희화의 빛은 곧 햇빛이다. 희씨와
   화씨는 요임금 때에 해와 달과 별들의 움직임을 살피던 신하이기도 한
   데, 역서(曆書)와 상기(象器)를 만들어 백성들에게 때를 알게 해주었다.

곧장 박시현을 붙잡고서
성 서쪽 언덕으로 올라가 보았네.
부상의 아침 햇빛에 두 번 절하고
끝내 썩어 버리지 않은 것을 더없이 기뻐했네.
천천히 내 머리를 들어
올려다보기도 하고 굽어보기도 하니,
온 성안 사람들이 다 구경 나와
개미같이 성벽과 산봉우리에 달라붙었네.
같은 인파에 끼어 탄식하니
다른 산보다 더 높은 산이[5] 없는 것 아쉬워라.
동강은 솟아올라 하늘까지 싸버렸고
청문[6]은 깊은 물의 도랑이 되었네.
교외에는 모두 나무 끝만 보이고
살곶이[7]도 큰물에 묻혀 버렸네.

■
5) 류(陸)은 높고 평평한 산꼭대기이다. 문집에 류(陸)자 위가 결(缺)자로
   되어 있지만, 문맥상 무(無)자인 듯하다.
6) 오행상 청문은 동쪽의 문을 말한다.
7) 도성 동쪽 교외에 목장이 있던 평지인데, 지금의 한양대학교 옆이다.

금평과 마취는
공상의 호수로8) 변해 버렸으니,
늙은이와 어린이가 급류에 떠내려간들
그 누가 천금의 뒤웅박을 빌려 주겠나.
평상시 저자도는
백 길쯤 솟아올라 있어,
그 가운데 궁궐의 채마밭 일궈
밭 매는 남녀들이 섞여 일했지.
지금은 모두들 엄청난 물 속에서
물고기 뱃속 혼령이 되어 슬프게 소리치네.
두모포 마을은 쓸은 듯 없어졌고
양화나루 마을도 바람에 불려 부서졌네.
초가집이 강물에 떠내려오는데
사람이 그 위에 올라타 있어,
하늘이 찢어져라 통곡하면서
살려달라고 한들 그 누가 배를 저으랴.

■

8) 공상은 이윤(伊尹)이 태어났다고 하는 곳인데, 지금의 하남성 진류현(陳留縣) 남쪽이다. 《여씨춘추》 〈본미(本味)〉편에 의하면 그의 어머니가 그를 임신한 뒤 꿈에 신이 나타나서 큰물이 날 것이니 달아나라고 하였다. 이튿날 동쪽으로 십 리를 달아나서 돌아보니 그 고을이 호수가 되었다고 한다.

길고 푸른 이무기가 성내며 일어섰고
굶주린 흰 악어가 소리치며 달리니,
물결이 땅을 차며 호통치면
강언덕이 부서지며 비스듬히 기우네.
강언덕을 타넘어 잠령에 뒹굴면
서 있는 돌들도 순식간에 박살나네.
백성들이 반나마 용의 굴에 들었으니
닭이나 개 따위는 하찮기만 해라.
배가 크다고 한들 어찌하랴
뱃사공은 참으로 게으른 늙은이라,
손이 길어도 도와주지 못하니
친척도 호(胡)와 월(越)같이 멀어라.
더러운 흙탕물은 더욱더 고여들고
사나운 태풍까지 어지럽게 뒤흔드네.
임금께서는 매우 현명하시어
요임금 눈썹을 수해로 찌푸리시고,
글을 내려 팔도에 이르시며
침수한 집 조사해서 알리게 하셨네.
측은히 여기시는 뜻에 감격해 마땅하니
어찌 차마 버려두고 묻지 않으시랴.
태조에서[9] 구대에 이르도록

147

사람들 말하기를 이러한 재앙은 없었다네.
하느님께선 스스로 뉘우치지 않으시는지
빗줄기가 다시 오가고 있네.

皇帝十五載、	秋七月初七。
四海忽同雲、	黔此黃道質。
殷殷南山雷、	雨脚大如椽。
打屋瓦自拆、	缺地石欲穿。
若卷鉅溟海、	倒注無留停。
冥冥旣干日、	陰氣何亭亭。
今晨焂小霽、	始睹羲和光。
遂拉朴時賢、	試攀城西崗。
再拜扶桑暾、	喜絶終不腐。
徐徐矯余首、	或昂而或頹。
觀者傾城出、	蟻附堞若巒。
同波嘆缺陸、	截然尊他山。
東江湧兼天、	靑門泓水溝。
峒牧盡木末、	箭串霆洪流。

■
9) 원문의 헌조는 태조 헌강대왕을 가리킨다.

遷化空桑湖。
孰借千金瓠。
凸出百丈許。
畦丁雜男女。
嗷啾魚腹魂。
吹破楊花村。
人物騎其上。
乞命誰蕩槳。
叫走飢白鼉。
崖岸摧坡陀。
立石俄擊碎。
雞狗在微瑣。
三老眞懶翁。
親戚胡越同。
獷飇且亂颱。
堯眉嚬昏墊。
推檢溺戶聞。
那忍閣不問。
人言無此灾。
屏翳重徘徊。

錦坪與麻聚、
老弱隨急湍、
常時楮子島、
中關內菜圃、
今入汪洋中、
蕩剔豆毛里、
白屋浮江來、
痛哭天欲裂、
怒立長青蛟、
浪蹴黃祇吼、
乘陵仆蠶嶺、
黔首半龍窩、
舟大獨奈何、
手長亦不援、
穢濁猶蓄縮、
君王最聖明、
下書諭八道、
惻旨宜感激、
獻祖傳世九、
皇靈不自悔、

가을 장마를 탄식하다

秋霖嘆

여름에는 가뭄이 심했는데
가을이 되자 비가 또 괴롭히네.
한 해에 두 가지 괴로움이 겹치니
나도 그 까닭을 모르겠네.
하늘이 새는 것을 때울 사람이 없어
모든 집들이 구름 기운 속에 들어갔으니,
누가 차가운 부엌을 데워내랴
문빗장[1]이 그 일에는 제격일세.
황도는 깊숙히 묻혀 버리고
음산한 바람만 소슬하게 불어오니,
온기를 얻으려고 손 자주 불고
천둥이 닥쳐오며 우르릉거리네.
가뭄 끝에 온갖 곡식 씻어가 버렸으니
산 사람들을 끝내 어떻게 하라는 건지,

■

1) 염이(屎屪)는 문빗장이다. 백리해(百里奚)가 집을 떠날 때에 살림이 너
   무 가난해서, 그의 아내가 문빗장을 떼서 불을 땔 때 암탉을 삶아 주었다.
   백리해가 진나라 재상이 되어 부귀해진 뒤에 아내를 잊자, 아내가 〈염
   이가(屎屪歌)〉를 지어 백리해를 일깨웠다. 염이가인(屎屪佳人)이란 가
   난한 사람의 아내를 뜻한다.

교외의 강가 마을들이
공상²⁾의 개울로 변해 버렸네.
소신만이 탄식할 뿐 아니라
구중궁궐에서도 수재로 찌푸리시네.
밝은 햇빛이 빨리 나와서
급히 이 비를 거둬 주시기만 바랄 뿐이네.

朱夏旱旣甚、	白秋雨亦苦。
一年二極幷、	我未知其故。
無人補天漏、	千門雲氣中。
誰能煖寒廚、	夙廖嘉乃功。
幽幽黃道霾、	陰風自蕭瑟。
借溫手頻呵、	雷公來叱叱。
旱餘蕩萬寶、	生人終奈何。
郊外沿江聚、	變成空桑河。
不惟小臣嘆、	九重嚬昏墊。
願奉大明出、	頓令屛翳斂。

■

2) 공상은 앞서 〈한양성 서쪽에서 물이 불어난 것을 보다 36운〉의 주8에
설명되었다.

유배지에서 회포를 쓰다
謫居述懷

1.
지난해 가을 가운데 달에[1]
양옥[2]에서 깊은 마음을 하소연했지.
만 번 죽을 일인데 변방으로 보내졌으니
미천한 몸을 성은으로 보전케 되었네.

去年秋仲月、　　　梁獄訴幽情。
萬死投荒塞、　　　微軀保聖明。

2.
몸은 한낱 좁쌀이고
천지를 창자로 여긴다 말하지 마소.
술 취한 눈에는 하나도 보이는 것이 없어
청산도 다만 가시랑이 하나일 뿐이네.

---

1) 눌재가 1515년 8월에 순창 군수 김정과 함께 폐비 신씨의 복위를 청하고, 중종반정의 공신이었던 박원종, 유순정, 성희안의 죄를 논하였다. 12일에 사간원과 사헌부에서 그를 탄핵하여, 23일에 전라도 남평현 오림역으로 유배되었다. 이듬해 3월에 용서받고, 직첩도 돌려받았다. 가을 가운데 달은 음력 8월이다.

2) 추양(雛陽)이 양(梁)에 가서 효왕(孝王)에게 의지하고 있었는데, 양승이 그를 시기하여 참소하였다. 효왕이 그를 하옥시키자, 추양이 감옥에서 편지를 올려 무죄를 호소했다. 시기나 질투에 의해 억울하게 옥에 갇힌 것을 양옥이라고 하였다.

莫言身是粟、　天地以爲腸。
醉眼渾無物、　靑山只一芒。

3.

겨울을 지나 봄여름이 되기까지
푸성귀와 현미뿐, 그 밖에는 구하지 않았네.
거위와 오리 먹이느라 시끄러운 곳
늘어선 집들 가운데 깊숙히 얹혀 산다네.

涉冬及春夏、　　蔬糲不求餘。
鵝牧鳥喧粱稻、　潭潭列屋居。

4.

백의로 역리를 따라가니
채찍잡이의 비천함을 어찌 알았으랴.
예전엔 금마문의 학사를 쫓아다니며
경연에서 광명한 임금을 모시기도 했었지.[3]

白衣從驛吏、　　　何識執鞭卑。
昔逐金閨彦、　　　經筵侍緝熙。

5.

신선 배우려 해도 재주가 없음을 뉘우치니
티끌 절구 속에서 뜬 인생을 그르쳤네.
그대로 관아의 곡식에만 매여
물결 따라다니며 갓끈을 풀지 못했네.[4]

學仙悔無術、　　　塵臼誤浮生。
也只麋公粟、　　　隨波不解纓。

■
4) 미리 벼슬에서 물러나지 못했음을 뉘우치는 말이다.

물재가 화운한 시를 갚아드리다

酬勿齋見和之作

3.

검남에 유배되었던 날들을 생각해 보니
꿈 속에서 돌아갈 날만 애써 노래했었지.
한양 쪽은 하늘이 더욱 아득해
비바람 치는 속에서 해가 빛을 잃었지.
세상 만사가 귀밑머리에 서리를 더해 주어
가을이 되자 눈물이 옷깃을 가득 적셨지.
친구는 동해 바닷가에 있으면서도
소식 전하기를 자주 어겨 이상했었지.

憶昔黔南逐、	勞勞賦夢歸。
關河天愈緲、	風雨日無輝。
萬事霜添鬢、	三秋淚滿衣。
故人東海畔、	消息怪多違。

∎

* 물재는 기진(奇進)의 호이다. 아우 기준(奇遵)이 기묘사화에 연루되어
죽음을 당하자, 광주에 물러나 살며 글을 읽었다. 참봉에 제수되었지만
끝내 나아가지 않았다. 퇴계와 6년 동안이나 사단칠정론에 대한 편지를
주고받으며 논변했던 고봉(高峰) 기대승(奇大升)이 그의 아들이다.

6.

하늘 끝에서 어머님께 심부름꾼을 돌려보내며
당귀 한 묶음을 부쳐드렸네.1)
바라보는 가운데 구름은 흰 빛을 끌고
시름겨운 곳이라 햇빛도 빛나지 않네.
다행히도 부사의 사령장을 받게 되었지만2)
아직도 조복을 벗지 못하였네.
어미를 먹이는 까마귀를3) 어여삐 여기며
이제부터는 멀리 떠나지 않으리라.

天涯廻母使、　　　一束附當歸。
望裏雲拖白、　　　愁邊日謝輝。
幸能持府檄、　　　猶未脫朝衣。
反哺憐烏鳥、　　　從今莫遠違。

■
1) 고향으로 돌아가게 된 소식을 어머니에게 알렸다는 뜻이다. "당귀(當
歸)"를 보낸 것 자체가 "마땅히 돌아가겠다"는 뜻을 나타낸다.
2) 중종 11년(1516) 3월 유배지에서 풀려나 12월에 장악원 첨정(종4품)에
임명되었으며, 이듬해 봄에 순천 부사(종3품) 벼슬을 받았다.
3) 까마귀가 자라면 어미를 먹인다고 해서 눌재도 반포지효(反哺之孝)를
다짐했지만, 이해 10월에 어머니 서씨가 세상을 떠났다. 눌재는 "이제부
터는 멀리 떠나지 않겠다"고 다짐했지만, 정작 어머니가 멀리 떠나게 된
것이다.

10.

소년 때 금석같이 약속한 벗들과
손잡고 함께 돌아가자 약속했었지.[4]
산 속 깊이 푸르름을 찾아가
배회하면서 달빛을 즐겼지.
사마상여도 살림이라곤 사방의 벽뿐이고
진사도는 주는 옷도 물리쳤었지.[5]
평생의 일들이 모두 어긋나
미친 듯 모의하면 번번이 틀어졌네.

■

4) 북풍은 차갑게 불고
눈비가 풀풀 흩날리네.
나를 사랑하고 좋아하시니
손 잡고 함께 돌아가야겠네.
어찌 늑장을 부릴 텐가
어서 빨리 가야겠네.
北風其喈、 雨雪其霏。
惠而好我、 携手同歸。
其虛其邪、 旣亟只且。
 - 《시경》〈북풍(北風)〉

5) 송나라 시인 진사도(陳師道)가 몹시 가난해 솜옷이 없었는데, 그가 싫어
하는 동서 조정지(趙挺之)에게서 아내가 솜옷을 얻어 왔다. 그러나 진
사도는 날씨가 추운데도 그 솜옷을 뿌리치고 교사(郊祀)에 참여했다가,
그만 병을 얻어 죽었다.

少年金石友、　　　携手誓同歸。
窈窕尋山翠、　　　徘徊抹月輝。
馬卿存四壁、　　　陳子却遺衣。
齟齬平生事、　　　狂謀動輒違。

11.

황천에 간 사람들을 지금 살릴 수 있다면
그대는 누구와 함께 돌아가기를 바라는가.
붉은 마음의 백이와 숙제가
높이 드날리며 청사에 빛나네.
어부의 술을 기울이지 말고
반드시 굴원의 옷을 털어야 하네.[6]
무뚝뚝한 것이 내 습관 되어
사람들 마음에는 정말 거슬리겠지.

■

6) 굴원이 지은 〈어부사〉에서 어부가 굴원에게 "세상 사람들이 모두 취했
는데, 그대만 어찌 술지게미를 먹고 모주를 마시지 않는가?"라고 충고
하자, 굴원이 "새로 머리를 감은 자는 반드시 관의 먼지를 털고, 새로 몸
감은 자는 반드시 옷의 먼지를 턴다"고 말했다.

九原今可作、　　君欲與誰歸。
毢赫夷齊子、　　騰揚簡竹輝。
休傾漁父酒、　　必振屈平衣。
木訥吾成習、　　人情果忤違。

부록

訥齋
朴祥

연보

이 〈연보〉는 그가 죽은 지 334년 되는 1864년에 그의 후손 박정휴(朴鼎休)가 지은 〈눌재 연보〉에서 간단하게 뽑아 옮긴 것이다. 박정휴가 지은 〈눌재 연보〉는 그의 아들 박원대가 송근수의 서문을 붙여 1875년에 간행하였다.

- 1474년(성종 5년 갑오) 5월 18일에 광주 서쪽 방하동 본댁에서 태어났다. 충주 박씨는 대대로 송도(개성)에 살았었는데, 그의 할아버지 박소가 충청도 회덕현으로 이사하였으며, 아버지 박지흥이 처가 부근인 광주 방하동 봉황산 아래에 집을 정하였다. 어머니가 남쪽으로 내려가다가 정읍 천원 객사에 이르렀는데, 객사는 장성 입암(笠巖) 아래에 있었다. 그날 밤 꿈에 입암이 떨어져 내리는 소리가 천둥처럼 들렸는데, 어머니가 치마로 그 바위를 받았다. 마침내 태기가 있어 선생을 낳았으므로, 그 객사의 이름이나 바위의 이름을 따서 어렸을 적의 이름으로 불렀다.
- 1488년(무신 15세) 아버지가 돌아가셨다.
- 1489년(기유 16세) 형님인 박정에게 글을 배웠다. 남보다 기억력이 뛰어나서 경술에 널리 통달하였으며, 문장이 나날이 나아졌다.
- 1491년(신해 18세) 현령 유종한의 딸을 아내로 맞이하였다.
- 1496년(연산군 2년, 병진 23세) 봄에 생원시에 합격하였다.
- 1501년(신유 28세) 문과에 을과 제5인으로 급제하였다. 교서

관 정자(정9품) 벼슬을 받았다가, 예에 따라 박사(정7품)로 올랐다.

- 1502년(임술 29세) 승문원 교검(정6품) 벼슬을 받았다가, 세자 시강원 사서(정6품)로 옮겼다.
- 1503년(계해 30세) 병조좌랑(정6품)으로 옮겼다.
- 1504년(갑자 31세) 아우 박우가 생원시에 수석으로 합격하자, 문서를 작성하여 재산을 나누어 주었다.
- 1505년(을축 32세) 전라도사(종5품)가 되었다.
- 1506년(병인 33세) 8월 금성관에서 우부리(牛夫里)를 곤장으로 때려 죽였다. 연산군이 나주에 사는 우부리의 딸을 궁중에 들여놓고 총애하자, 천민의 자식이었던 우부리가 임금의 은총을 믿고 제멋대로 포악한 짓을 저질렀다. 남의 부녀자를 약탈하고 남의 논밭을 빼앗아 가졌다. 감히 그의 죄를 다스리는 자가 없었으므로, 선생이 그를 장살(杖殺)하였다.

우부리를 죽이고는 형벌을 면할 수 없으리라고 생각하여, 명령을 기다리려고 서울로 올라가는데, 정읍서 10리쯤 지나다가 고개에 이르자 고양이가 나타나서 작은 길로 인도하였다. 선생이 이상하게 여겨서 작은 길로 따라갔다. 그래서 연산군이 보낸 금부도사와 길이 엇갈리게 되었다. 중종이 반정했다는 소식을 듣고는 그대로 고양이를 따라서 금강산의 절까지 갔다. 중들이 놀라고도 기뻐하면서 "우리 절의 고양이가 보이지 않은 지 여러 날이 되었는데, 지금 행차를 인도하여 왔구나" 하고는 조용한 방으로 맞아들여 머물게 하였다. 그뒤에 광주 오산에 있는 약간의 논밭을 절에 주어, 고양이의 먹이 비용으로 쓰게 하였다. 그래서 그 고장 사람들이 그 고개를 묘망(猫望)이라고 불렀다(광주의 토지대장에 의하면 오산에 정양사의 경작지가 있고, 금강산 절의 중이 해마다 와서 추수해 갔다고 한다).

겨울에 장흥고(長興庫) 령(令, 종5품) 벼슬을 받았다가, 사간원 헌납(정5품)으로 올랐다.

11월 25일에 숙인 유씨가 죽었다. 2남 2녀를 낳았는데, 장남 민제는 김해 부사가 되었고, 차남 민중은 진사가 되었다. 뒤에 생원 정세의 딸을 아내로 맞이하였는데, 아들 민고를 낳았다. 그는 감역 벼슬을 받고도 나아가지 않았다.

- 1507년(중종 2년, 정묘 34세) 고관(考官)에 임명되었지만, 굳이 사퇴하여 법관에 회부되었다. 그러나 태학생들이 상소하고 재상들이 구제하여 풀려났다.

임금의 외척 가운데 품계를 넘어서 당상관에 오른 자가 있었는데, 그가 열흘이나 임금께 직간하다가 (끝내 받아들여지지 않자) 관인을 풀어놓고 벼슬을 사퇴하였다. 마침 나라에 고시가 있어서 그에게 책임을 맡겼는데, 그가 "신은 이미 직책을 다하지 못했으므로 감히 어명을 받들지 못하겠습니다"라고 사퇴하였다. 임금이 크게 노하여 법관에 회부하고 벌을 주려 하였는데, 태학생들이 상소하고 재상들이 구제하여 풀려났다.

겨울에 한산 군수(종4품)로 내몰렸다가, 종묘서(宗廟署) 령으로 바뀌었으며, 다시 소격서로 옮겼다(시종이나 간관들은 이조에서 멋대로 지방관으로 내보낼 수가 없었다. 그가 사간원에서 1년 동안 바른 말을 많이 하므로 집권자들이 미워하여 지방관으로 내몰았지만, 사헌부에서 원칙에 의하여 따지며 바로잡자 다시 도성에 있는 종묘서로 발령낸 것이다).

- 1508년(무진 35세) 임피 현령(종5품)으로 나갔다(늙은 어머니를 모시기 위하여 지방관을 자원한 것이다).
- 1509년(기사 36세) 석천 임억령이 와서 글을 배웠다.

- 1510년(경오 37세) 신병을 내세워 현령 벼슬을 내놓고 광산의 시골집으로 돌아왔다.
- 1511년(신미 38세) 겨울에 홍문관 수찬(정6품) 벼슬을 받았다. 교리(정5품) 겸 경연(經筵) 시독관(侍讀官)으로 올랐다. 호당(湖堂)에서 독서하라고 휴가를 받았다.
- 1512년(임신 39세) 봄에 고향으로 돌아가 어머니를 뵈었다. 여름에 홍문관 응교(정4품)로 올랐다. 가을에 담양 부사(종3품) 벼슬을 받았다.
- 1513년(계유 40세) 면앙 송순과 조계 정만종이 찾아와서 글을 배웠다.
- 1514년(갑술 41세) 공조판서 안침이 그를 청백리로 추천하고, 전라 감사 김당도 그를 천거하였다.
- 1515년(을해 42세) 정월에 청백리로 뽑혔다.

8월에 순창 군수 김정과 함께 폐비 신씨(신수근의 딸)의 복위를 청하고, 중종반정의 공신이었던 박원종, 유순정, 성희안의 죄를 논하였다(1506년에 이들이 당시의 진성대군을 임금으로 추대하여 반정을 꾀하면서, 진성대군의 장인이었던 신수근에게 협력하라고 권하였다. 그러나 연산군의 처남이기도 했던 신수근은 "매부를 폐위시키고 사위를 임금으로 올리는 일에 대하여 내가 말할 수 없다"고 하면서 중립을 지켰다. 나중에 이들이 반정을 일으키던 날 밤에 신수근부터 끌어내어 때려 죽였다. 이튿날 신씨를 왕비로 책봉하였지만, 이들은 신수근의 딸이 왕비로 있는 것이 불안하였으므로 사흘째 되던 날에 폐위시켰다. 마침 숙원 윤씨가 원자 인종을 낳고 곧 죽었으므로 여러 후궁들이 왕비 자리를 노리고 암투가 일어났었다).

12일에 사간원과 사헌부에서 그를 탄핵하였다. 유순과 정광필을 비롯한 여러 재상들이 그를 구하려고 여러 차례나 아뢰었지만, 금부도사를 보내어 잡아다가 심문하였다. 23일에 매

100대를 맞고 오림역으로 유배당하며 고신(告身)을 빼앗기게 되었지만, 대신들의 도움으로 매만은 맞지 않게 되었다.

11월에 정언 벼슬을 받은 정암 조광조가 그의 억울함을 아뢰면서, 억지로 그에게 죄를 주었던 사간원과 사헌부를 교체하라고 간하였다. 임금이 대신들과 의논하여, 사간원과 사헌부의 관리들을 모두 갈아 버렸다.

- 1516년(병자 43세) 2월에 〈무극설(無極説)〉을 반박하였다.

3월에 용서를 받고 직첩도 돌아왔다.

12월에 의빈부 도사(종5품) 벼슬을 받았다가, 장악원 첨정(종4품)으로 옮겼다.

- 1517년(정축 44세) 봄에 순천 부사(종3품) 벼슬을 받았다.

10월에 어머니 서씨의 상을 당하였다. 12월에 아버지와 합장하고, 삼년상을 지켰다.

- 1519년(기묘 46세) 아들 민중이 진사시에 합격하였다.

11월에 남곤이 기묘사화를 일으켜 조광조를 비롯한 어진 선비들을 귀양보내었다. 조광조가 능주로 귀양간다는 소식을 듣고, 광주 남문 밖 십 리 되는 곳에 있는 분수원까지 쫓아가서 이야기를 나누었다. 그는 상중이어서 조정에 있지 않았기 때문에 화를 벗어난 것이다.

12월에 상을 마쳤다. 의빈부 경력(종4품) 벼슬이 주어지고 선공감 정(正, 정3품)에 올랐지만, 모두 부임하지 않았다.

- 1520년(경진 47세) 가을에 어사 벼슬을 받고 호남의 홍수 피해를 살폈다.

- 1521년(신사 48세) 봄에 상주 목사(정3품) 벼슬을 받았다. 여름에 충주 목사로 옮겼다. 남곤이 그를 조광조의 일파라고 상소하여 배척하였다.

- 1522년(임오 49세) 7월에 《도정절문집(陶靖節文集)》을 간행하

고, 그 발문을 지었다. 《동국사략》을 지었다. 매월당 김시습의 문집을 모아서 간행하였다.

- 1523년(계미 50세) 아들 민중을 속리산으로 보내어 공부하게 하였다.
- 1525년(을유 52세) 겨울에 사도시 부정(종3품) 벼슬을 받았다.
- 1526년(병술 53세) 정월에 서울 집으로 돌아왔다(백악의 둘째 산기슭인 색문동에 있었다).
  겨울에 중시(重試)에 장원급제하고, 당상관으로 올랐다.
- 1527년(정해 54세) 봄에 파직당하고 고향으로 돌아갔다. 여름에 나주 목사 벼슬을 받았다.
- 1529년(기축 56세) 여름에 파직당하고 고향으로 돌아왔다.
- 1530년(경인 57세) 4월 11일에 방하동 집에서 죽었다. 6월에 봉황산 성재동 묘좌원에 장례지냈다.
- 1547년(명종 2년 정미년) 4월에 그의 제자인 임억령이 금산 군수로 있으면서 《눌재집》을 간행하였다.

原詩題目 찾아보기

옮긴이 **허경진**은 연세대학교 국어국문학과를 졸업하고,
같은 대학원에서 문학박사 학위를 받았다. 목원대학교 국어교육과 교수와
열상고전연구회 회장을 거쳐, 연세대학교 국문과 교수를 역임했다.
《한국의 한시》 총서 외 주요저서로는 《조선위항문학사》, 《허균 평전》,
《허균 시 연구》, 《대전지역 누정문학연구》,
《성호학파의 좌장 소남 윤동규》 등이 있고,
옮긴 책으로는 《연암 박지원 소설집》, 《매천야록》,
《서유견문》, 《삼국유사》, 《택리지》, 《허난설헌 시집》,
《주해 천자문》, 《정일당 강지덕 시집》 등 다수가 있다.

韓國의 漢詩 23

訥齋 朴祥 詩選

초   판 1쇄 발행일   1997년 6월 15일
개 정 판 1쇄 발행일   2023년 9월 20일

옮 긴 이   허경진
만 든 이   이정옥
만 든 곳   평민사
            서울시 은평구 수색로 340 〈202호〉
            전화 : 02) 375-8571
            팩스 : 02) 375-8573
            http://blog.naver.com/pyung1976
            이메일   pyung1976@naver.com
등록번호   25100-2015-000102호
ISBN   978-89-7115-028-3   04810
            978-89-7115-476-2   (set)
정   가   13,000원